問題・學寫作

問題問

「問題寫作」法，
輕鬆寫好文。

編著——林香伶

解決寫作困境的關鍵鑰匙

鍾宗憲

每次被問起：「如何學習寫作？」總會想到楊渡在輔仁大學執教「現代散文及習作」課程的例子。

學生時代的楊渡創作新詩；投身媒體工作後，以報導文學撰述聞名於文壇，前幾年獲得梁實秋文學獎散文大師獎。當時，楊渡從第三次上課開始，連續讓學生看了八、九週的影片。這樣的課程安排，在中文系內引發了不小的爭議。「這是開學後了解班上學生的情況，才決定調整課程進度。因為這些學生沒有東西可以寫！」楊渡如此回答系主任的詢問。

同樣是教育工作者，其實深有體會。相信許多朋友的共同經驗是：小學就學習寫作文，一直寫、一直寫，到了大學也還繼續寫，但是怎麼寫都只是徒有起承轉合的形式，內容卻始終乏善可陳；更有甚者，連如何落筆都感到困難，大嘆欠缺靈感。其實論究原因，這固然是「應試教學」風氣下的科舉式結果，另一方面多數人也認為寫作是「文青」的專利，只能風花雪月而已。於是對於「作文」自然產生出逃避和排擠的心態，視寫作如畏途。

不能寫自己，是寫作的問題關鍵。這是多年教學經驗所得到的答案。師大國文系已故教授蔡宗陽先生曾留下一句名言：「閱讀是寫作的開始，寫作是閱讀的完成。」通過閱讀來習得字詞、句式的應用與變化，同時通過前人的生命足跡來增加自己的所思所感。從這句話進一步體會楊渡面對中文系學生的用心良苦：寫作練習是複雜的素養表現，而不單純在表面上詞藻的堆疊或格式的框架。「自己」應該充斥於字裡行間，自然地呈顯，自然地現身。寫作的形式框架和文句組織，是一種習得語言邏輯的展現；而寫作的內涵與情思，則是建立於個人的生活經驗、知識底蘊和觀察、投入後的體悟。

當然，寫作不必都出自感性，也可以出自理性。寫作的完成往往有生活、知識累積的階段，有靈感觸動的階段，有構思布局的階段，最後則有

賴於字詞段落的表現。坦白說，這四個階段不容易短時間內從無到有，學習上更難以一蹴而得。那麼寫作該如何學習？

　　清代桐城派古文大儒姚鼐認為學習寫作可區分為「文之粗」、「文之精」。前者重點在於形式、聲韻的正與奇；後者強調情懷、思辨與個人風格的呈現。學習的步驟是先閱讀名作，之後刻意仿作，最終找到自己獨有的表達方式。這種學習程序一直影響至今。然而，像這樣的學習，畢竟自學的成分很高，從事教育者的思考是：教師應該要如何介入？要如何給出適當的引導，讓學生可以明確習得，同時可以遷移到舉一反三的持續成長？

　　林香伶教授所編撰的這本書，以煥發出寫作者的自我為前提，提出了一種有效引導的方式。「問問題」看似嚴肅，實際上是鼓勵「活出自己」的寫作教學。試想：生活沒有觀察、體驗，遇事沒有認知、解釋，人生沒有目標、意義，怎麼能寫出自己呢？通過提出具有層次的問題，類似綱要性的簡答，來協助寫作者進行反省、體會或挑戰，在主題的範疇中，慢慢由句、段而成篇。更重要的是，這本書取材的設定相當生活化，適用於各行各業，包括未來不同發展方向的學子們從事學習。這是在傳統教學基礎和寫作學理運用後的教學突破——學習成效可期的一種突破。

　　這本書的精采處在於留白和「底細」。建議讀者以探索自己的方式來跟著一起學寫作。

（本文作者為國立臺灣師範大學國文學系教授，國教署中央
課程與教學輔導諮詢教師團隊語文領域國語文組召集人）

提問與寫作結合的「另類」作文書

李崇建

　　我與香伶相識十餘年，她是不折不扣的才女，在中文學術上早享盛名。但她不是故步自封之人，她任教古典的中文系，教學上卻大膽且創新。猶記當時，她舉辦豐富的活動，邀請創作者系列講座，關於中文的創新運用，以及寫作教學的分享，那些課程主題新穎，涵蓋了書法美學、寫作教學、旅行書寫與在地探索，搭配課程設計進行，她擔任與談人主持，參與提問與經驗交流，為學子拋出新的視野，帶來中文更多元的應用。她與一般邀請者不同，不是蜻蜓點水消化預算，是紮實想為學子留下功夫。

　　香伶邀約我講寫作，最初擔任文學獎評審，她很願意與我交流，邀約我到學校講座，談關係裡如何對話，談生命成長的面貌，並嘗試與文學融合展現，她極力讓講者發揮所長，再進行歸納講解與整理。至今十餘年過去了，當年聆聽的學生，有的在寫作教學之路耕耘，有人在對話與心靈領域任講師，她可能未必知道自己影響所及。

　　在中文與通識領域教學，香伶結合了提問與書寫，出版了這本「另類」作文書，展現了她大膽嘗試的一面。

　　她將提問與寫作結合，我再同意不過了。

　　早年我也進行作文教學，我的策略是以故事為軸線，以提問與孩子產生激盪，解放孩子們的思維與創意，比如我以「孤單」為主題，提問孩子們：是否有過孤單經驗？曾經歷孤單的感覺，卻不是一個人嗎？曾在勝利、美好時刻，產生孤單感覺嗎？曾在歡樂的情境中，卻感到孤單嗎……當每個孩子陳述經驗，我再說一個故事搭配，當年以蘇童小說〈傷心的舞蹈〉，與孩子再度提問互動。

　　我的對象是中小學生，香伶與我對象不同，她與大學生共同創造，給予高中生寫作方向，她以 ORID「焦點討論法」的方式，帶領學生進行提問思考。焦點討論法具有五感觀察、經驗詮釋與外在行動與運用，整合進入書寫再適合不過。

此書呈現了幾個主題，從生活經驗開始拓展，展開多面的思維方向，都是透過提問穿梭整合，香伶希望學生寫作的同時，能開啟思考的能力，邀請學生訓練「自問自答」，從中審視「問題和答案的關聯」。

　　愛因斯坦說：「如果給我一小時解決問題，若是能改變人生的重大問題，我會花 55 分鐘確認是否問了正確的問題。」

　　因此書寫的訓練，不只是書寫一端，也是思考和提問的訓練。問出什麼樣的問題，成了書寫是否深刻，是否準確的根源訓練。

　　此書所提供的提問思維，是讓書寫回到根本訓練。問題的設定會影響文章，影響文章呈現與成敗，因此當一個題目出現，要提出什麼樣的問題？透過這些提問，如何將感官、認知與呈現整合？朝向哪一個書寫目標前進？才能呈現出特別的思考，文字的敘述得以展現。隨著這些提問的呈現，後面的參考答案，書寫的線索浮現，書寫的興致也提升，讓書寫者充滿能量。

　　從提問的線索、蒐集整合資料、發展書寫脈絡，香伶帶著學子前行，將中文寫作走向實用，呈現香伶學生的成果，再給予建議與回饋，有心學習書寫者，甚至教學工作者，可以作為寫作或教學的參考。

　　我自東海中文系畢業已經三十多年了，東海始終文風鼎盛，常在各大文學獎看見學弟妹蹤跡，他們對書寫的熱忱，以及書寫所獲得獎項，早已超越我的表現。香伶在東海任教多年，其寫作教學多元具創造性，一定影響了學弟妹的創作，延續了東海文學的創造性，我心裡常懷開心與感動，我也特別在書序中表達感謝。

（本文作者為千樹成林創意作文創辦人）

問題像鈎子，勾出素材讓寫作變簡單

陳勇延

　　林香伶教授編著的這本新作《問問題．學寫作》，嘗試透過自問自答的操作，將原本看似玄之又玄的寫作，拆解成「問題─回答─編輯」。有點像是把問題當鈎子，將寫作者的想法，一點一點勾出來。一問一答之間，所累積的問答文字，就轉成寫作的即可用材料。

　　有了素材再來編輯，難度就降低了不少。寫作如食物烹煮一樣，煮一碗牛肉麵，首先要想到煮牛肉麵需要哪些材料，材料羅列出來後，再佐以火候、調味料。素材正確，至少不會離題。再來的火候與調味，就要靠自己平時的積累，遣詞造句與結構布局的能力。這種方法很適合來帶一些原本寫作基礎較薄弱的學生，像是鷹架來引導學生鼓勵他們把想法說出來。

　　擔任校長十幾年，我養成在臉書發表文章的習慣。有些是教育理念倡導、有些是辦學經驗分享。經常有人問我，校長行程那麼多，怎麼還有體力時間，源源不絕在臉書輸出內容呢？

　　關於這問題，我分四點說說我的觀點與做法。

一、為什麼要做？

（一）外顯

　　想法若內隱在自己腦中，別人是無法看到的。因此，要輸出。作為校長，想發揮正向影響力，就必須將內隱知識轉為外顯知識。寫出來（文章）、說出來（談話），將教育理念、政策轉譯詮釋出來。老師、家長、學生才能看到我腦袋裡的思路。

（二）共好

　　一個人好，不夠；要更多人好。我始終認為，如果我腦袋具備有價值的知識、理念、經驗，應該不吝與我的同事、學生、家長分享。畢竟助人幸福，自己也幸福。讓更多人有做好事的能力，不是更好嗎？

（三）放大

　　網路像槓桿，能放大分享力量。將內隱知識轉外顯，若只有在我身旁的人能聽到、看到，這樣影響的僅有少少幾個人、幾十人。若能傳遞內容給更多人，同樣的知識，將其貼在臉書或者錄成影片、音檔上傳網路，可讓其附加價值變得更高。

二、怎有時間寫作？

　　其實，時間絕對是足夠的。只要把那些佔用日常時間，不重要不緊急的事少做即可。例如，追劇、打屁。想像一下，時間與專注力就像一個裝滿水的寶特瓶，分心就像在寶特瓶上戳洞，每戳一個洞，水就流失，一點一滴就不見。1 天省下半小時，日積月累，1 個月就有 15 小時，1 年就 180 小時，10 年就 1800 小時。如果用 1 天學習 10 小時來換算，等於比浪費時間的人多出 6 個月的時間在精進自己。10 年下來，你跟同儕的實力養成高下立判。

三、想清楚就能寫明白

　　常聽到有人說不會寫，或者推託自己是學理工的，所以文筆不好。真正的癥結，不在文筆問題，而是邏輯與組織問題。108 課綱之後，被許多學生抱怨的學習歷程檔案，也有類似的情形。學生也常抱怨他不會寫、沒時間寫。叫他寫感想，就說只會寫理性文，不會寫感性文。

　　事實上根本沒有人要你寫感性文。只需依照 ORID 的程序陳述即可。當學生遇到類似問題時，我們可以把這套方法派上用場。我認為不會寫的困擾，主要是因為撰寫者對這件事的思緒還沒整理清楚。有時他們會推說沒靈感，其實這與靈感無關。如果我們什麼事情都要仰賴靈感，那我們肯

定要開天窗了。

　　法蘭西斯‧培根曾說：「讀書使人豐富，討論使人成熟，寫作使人精確。」我常常建議高中生對生活的人事物，要多涉獵、細觀察、勤記錄、深思考，時間一久，可以創造出和同儕見識的高低差。有了生活歷練，當你閱讀時，和作者之間的頻道也更容易打通。否則，書還是書，你仍是你。

　　而討論和寫作是提升閱讀成效的利器。讀到佳句，除了記下來，也試著短文寫作，多讀多寫，自然會多想，想久了就會融通成自己的思維系統，對於事情也更有獨立的見地。此時，書就是活的，可為你所用。林香伶教授這本問題寫作書，告訴讀者的不只方法、示例，還有豐富實用的引導問題。很適合常常不知如何下筆的讀者熟讀運用。

（本文作者為國立興大附中校長）

〔推薦序〕 **課堂親歷，「老」學生替業師掛保證**

顏鴻森

　　2023 年 2 月，我以東海大學中國文學系二年級學生身分，基於學分需求及上課時段，選修了香伶老師開授的「實用中文寫作」課程。配合教學進度，修課學生必須完成不同類型的習作，尤其是深具創意的「問問題·學寫作」實務演練。首先，每位同學提出 30 至 45 個大學生要面對的問題；接著，選擇一位同學，針對其「問題」提問 5 個問題，並共同討論所提問題；其後，經由香伶老師的分析、歸納、講解，於學期結束時，完成了本書的初稿。在我屆齡退休前的 41 年教學生涯中，從未想到，講授一門大學部課程，可導引學生將習作內容寫成專書出版。作者就是這麼一位充滿創意、活力、熱忱的學者。

　　生涯是個人終其一生的生命歷程，經由抉擇並透過工作／事業／職業的歷練，追求生活風格與人生價值的課題。退休後，我依然在成功大學開授「生涯抉擇與規畫」通識課程，其學習目標之一是要求同學：勇敢的面對問題、不要逃避問題，好好的了解問題、不要誤解問題，有系統地解決問題、不要個案化問題。此書的孕育，讓我由基本面重新認識教學的本質，除培養超前部署解決問題的能力外，更將洞燭先機的問題發掘，融入教學考量與設計，催化出青年學子滿滿創意的好奇心。畢竟，大學生涯終點的能量，會影響未來二、三十年的個人生涯。

　　誠如作者所言，最需要本書的讀者是「面臨學測國寫挑戰，需要拓展思考力和表達力的高中生」。此外，本書的問世，對於困惑何去何從的新鮮人，是一盞明燈；對於把握大學教育的高年級生，會引起共鳴；對於關心子女活動的家長，則是旱中甘霖。期待本書的出版，具拋磚引玉之效，猶如《642 件可寫的事》（*642 Things to Write About*）一書，驅動讀者自主性的問問題，激發創意寫作的靈感。

（本文作者為東海大學中文系大三學生，
國立成功大學機械系名譽講座教授，大葉大學前校長）

目次

序曲

林香伶

「看不懂題目時，不妨先問問題，也許作文的靈感就會從答案之中閃現。」這是一句我再同意不過的話了。

教書近三十年，不少朋友，朋友的孩子，甚至是自己的孩子知道我在中文系任教，也擔任一些寫作課程的傳授，總喜歡問我：

「怎麼樣才能把作文寫好？」

對我而言，這是個看似簡單，但其實應該列入「大哉問」的難題。剛開始我會說：「這是個很難有答案的問題！」

後來，我改變策略，會直接回答：

「把你的作文拿給我看吧！記得要連題目一起，現在作文不是古板的命題作文，引導的文本和提出的問題很關鍵，我必須連題目和你的作文一起看，才能回答你。」

在多次的經驗中，我發現，多數的孩子都不是太在乎題幹問些什麼，自然也不見得針對原有的問題去作答。即使將作答核心放在比較明顯，有加黑、粗體的「命題」上，雖不致於離題，但總會發現不夠深入，不能聚焦，多數沒有記憶點，無法引人注意，自然也很難獲得高分。

因此，我將孩子作文和題幹說明逐一比對，很明顯地，如果孩子針對提問作答，甚至進一步推想，為什麼會這樣問？在看完引導的文本後，換位思考下，能否提出自己的閱讀問題，一來可幫助自己更了解文本和提問的要義，二來因為是自己提出的問題，比較容易掌握問題的脈絡，也能提高回答的能力。如果能循序漸進，結果就是問題一一被解決，作文材料自然生成，可想而知，組織一篇文章就不會那麼困難了。

那麼，如果我問你：

「你是個有問題的人嗎？」

請先別生氣，我指的是，你是不是一個可以隨時提出問題的人？能習慣性地提出問題，表示你經常在思考，是個充滿好奇，大腦運作勤勞的人。

所以，如果你回答：

「是的，我是個有問題的人！」

我會非常開心，想進一步知道你腦中有哪些問題？接下來，我會問你，這些問題你有答案嗎？或者，你有答案的居多，沒有答案的較少；或者，正好相反；也或者，你不確定答案對不對？好不好？看到這裡，我想邀請你想一想，你知道你提出的問題是哪一種類型的嗎？你最常問哪一種類型？你認為你提出的問題是好問題嗎？還有，怎樣的問題會讓你感到有興趣呢？

我再接著問你，你會自問自答嗎？問題和答案之間的關聯夠不夠？如果每一個你提出的問題都能夠自己找到滿意的答案，是不是就是一種解決問題的能力呢？

再試著想想，如果你經常處於問問題的狀態，也能自然地自問自答，那麼，是不是遇到問題時（不管是自己提的，還是別人問的），會不會感覺比較不那麼緊張？而且，在回答問題後，你將有滿滿的自信心和成就感；接著，再認真收集好這些思考過後的「答案們」，你會發現，只要問題都解決了，「答案們」就是你的寫作素材，寫作其實也不會是個難題。

「問題寫作」是這樣來的

近幾年坊間出版不少教導提問力的書籍，提供相當多提問的妙方。從思考為何提問，提問的情境、脈絡、方法，到如何決定、探究、引導、提出問題，循循善誘。或者強調「好問題能讓人投入並充滿能量」、「愈是卡位，愈要提問」、「一個好的提問，不僅能駕馭他人，也能改變自己的人生」，提問力可以「擴獲人心」、「創造企業力」、「自我管理」。如此看來，擁有好的提問力是頗受大眾歡迎的，而要培養提問力也必須按部就班，經常練習，想速成，實在不可能。

在這些提問的訓練理論中，我最常使用的就是 ORID，即「焦點討論法」（focused conversation）以圖繪方式簡單表達如下：

ORID「焦點討論法」（focused conversation）

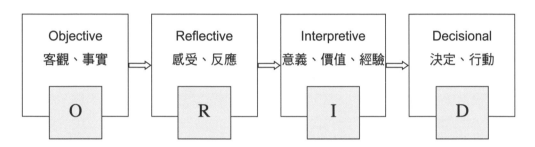

外在客觀事實	喚起內在情緒與感受	聯結與詮釋你的感受	找出決議與行動
・看到了什麼？ ・記得什麼？ ・發生什麼事？	・有什麼地方讓你感動、驚訝、難過或開心？ ・什麼是你感到比較容易或困難處理的？ ・令你印象深刻地方是？	・為什麼讓你如此感動、驚訝、難過或開心？ ・這讓你想到什麼？ ・有什麼重要的領悟？ ・對你而言，重要的意義是什麼？學到了什麼？	・有什麼可改變的地方？ ・接下來的計畫是什麼？ ・接下來的行動是什麼？ ・還需要什麼資源或支持才能完成目標？ ・未來你要如何應用？

根據《學問——100 種提問力，創造 200 倍企業力》的討論內容，分別有**客觀性**的問句、**反映性**的問句、**詮釋性**的問句，以及**決定性**的問句四種類型。而對照我曾經學習過的歸納法查經（《聖經》），其步驟為：

觀察（Observation）——以《聖經》經文為資料，觀察作者對當時的聽眾說了什麼；

解釋（Interpretation）——專有名詞的意思，以及作者為什麼要記錄這些事；

歸納（Induction）——找出《聖經》內容所提出的原則和方法；

應用（Application）——將《聖經》中的原則和方法應用在今日，尋求對人們的意義。

我觀察二者的實施步驟，剛好都是四個層次，基本原則其實也極為接近。然而，將「問題寫作」導入實際課程時，我嘗試將以上二者的實施步驟再簡化成三個，即：

I 觀察性提問	運用五感（視覺、聽覺、觸覺、味覺、嗅覺）仔細觀察，依照客觀、基本的資料去進行提問，留心注意或發現到什麼。（What & O. O.）
II 解釋性提問	請描述你的感受（包含喜、怒、哀、樂）的狀態，以及找出這些感受為什麼出現的原因。（Why & R. I. I.）
III 應用性提問	具體說明你的決定、行動和計畫，理出整個事件啟發你做什麼樣的改變，以及產生何種意義。（Who & D. A.）

事實上，多數人一開始都會停留在第一種問題（以為最簡單），但容易走馬看花，不見得有細膩的觀察。因此，操作上一定要有所規畫，須先設定好主題之後，再區分成若干的小主題，且在每個小主題中，三種類型的問題都得提出。請注意！問問題前先不要預設答案。等到問題擬定後，必須再三檢查，除了基本的錯別字，還要留意提問方式清不清楚，會不會產生 Yes 或 No 的封閉性回答，若會，必須再調整提問，以能獲取開放性回答為基本原則。* 此外，也要留意有無出現過於類似或相互矛盾的問題。按照以上的說明，問題寫作的問題設計實施步驟雛型如下：

設定主題──區分若干小主題──小主題之間必須有所連貫──每個小主題提出問題（必須包含三種類型）──檢查問題是否合適，進行問題刪改──嘗試回答（若發現回答產生困難，須回頭修改問題）

在此提醒大家，還未設定好所有的題目和答案之前，必須先撰寫**主題說明**。由於主題是自己選擇的，對其內容應該有一定的了解，也可參照一些相關的材料進行，待主題說明完成後，就可依照以上的步驟，**進行問題和答案的設定**；完成後，則進行**短文撰寫**，（不用擔心沒有靈感，因為短文所有的基礎材料都來自於題目和答案）。接著，將適合寫入文章的題目挑選出來，簡單參考已書寫的答案，依照文章結構的脈絡進行大綱設定，基本的文章雛型就可以完成了。最後，再依照內容，給予短文一個適合的**題目**。

---

* 王世豪主編：《深度討論力，高教深耕的國文閱讀思辨素養課程》（臺北市：五南圖書出版有限公司，2019 年）中設計的〈學生深度討論單〉之備註欄中，提出回應問題時「1. 必須有『主題句（Topic sentences）』表達觀點或立場；2. 必須舉出各類例證或數據，形成『支持句（Supporting sentences）』，以論證觀點或立場；3. 必須統整前述之論述，總結為『結論句（Concluding sentences）』，整合論證，說明結論。」頗值得參考。

因此，本書分為「生活大小事」、「帶你去旅行」、「E世代妙想」、「大學這樣過」四編，共有 15 個主題，27 篇示範短文。每個主題的編排次序分別是「主題說明」、「問題引導」、「示範短文」、「希望你更好」和「寫作見習區」，而為了不影響本書讀者受到答案的影響，答案統一放置在「底細：參考答案區」，而問題區則考量問題的主題和文字的長短大小，有不同的設計編排，以提供讀者作答。如果看完「希望你更好」的意見後文思泉湧，我鼓勵你試著改寫「示範短文」，甚至在「寫作見習區」來一篇全新的創作，包準會有意想不到的收穫。

如何使用這本書

你可以挑選自己喜歡的主題，先閱讀主題說明，再進行問題的寫作，同時觀察這些問題的屬性（每個問題背後會標上羅馬數字 I、II、III，告知問題類型），你也可以自己再設計一些問題，衍生更多的寫作材料。書中預留的寫作空間有限，可以另外準備自己喜歡的筆記本，多多練習延伸發想。

每一組問題引導都有「底細：參考答案區」，這是提供給認為問題困難的人作參考，請記住！這些只是「參考答案」，不是「標準答案」，他們只是開放式答案的其中一種而已。此外，每個單元會有 1 至 4 篇不等的示範短文，你可以觀察下他們是怎麼利用問題完成寫作的，也鼓勵自己在「寫作見習區」寫一篇短文。至於我給短文們「希望你更好」的建議，期待對你的寫作也能有所幫助。

誰需要這本書

老實說，我認為任何人都適合用的，但最需要的可能是看膩了硬邦邦

的寫作理論書，面臨學測國寫挑戰，需要拓展思考力和表達力的高中生。

　　除了考試，每天都有要面對的大小問題，吃什麼？怎麼吃會有好心情？穿什麼？怎麼穿搭會和別人不一樣？如果有個喜歡的他（她），要怎麼測試是不是暈船了呢？如果可以出走一下，一個城市？外島？海邊？還是來個國外小旅行？生活會不會更有趣一點？而 E 世代的想法，到底有多少大人會懂呢？面對生離或死別，有一種擁抱可以藉風傳達嗎？而我，真的了解我自己嗎？心理測驗準嗎？如果有個魔法世界，那裡有個水晶球，我許的願能不能都成真呢？我的故事裡還有故事，為什麼大人都不聽我說完？每天這麼努力，就是為了上大學，大學到底是怎麼一回事？校園裡有我想要的戀愛，想上的課，想參加的活動嗎？一邊是友情，一邊是愛情，我該怎麼平衡？大學生滿街跑，要怎麼做規畫，才不會畢業就失業呢？

　　以上所有的提問和書寫，都是我和 E 世代過來人的精心製作，如果你對我們好奇，也想學一點寫作的撇步和武功，那麼，你真的會需要這本書。準備好了嗎？歡迎加入我們「問題寫作」的行列！

第一編　生活大小事

好心情食譜

林柏君

主題說明

　　下雨的時候、秋天的街道、充滿陽光的下午，讓我想起了紅豆口味的羊羹、抹茶那提、蘋果派，那你呢？

　　多數的時候，我對於「吃」什麼這件事，彷彿一首小時候的童謠，時不時地在腦海中輕輕哼著，常在我心頭縈繞，所以，這個主題提供了我大量的生活靈感。

　　過去的我，曾經受到暴食症及憂鬱症所困擾，改善飲食習慣也相當耗時，更因為不健康的減肥方式，造成了許多不良影響，所以吃飯對我來說是一件花費心思的事！於是我開始製作專屬自己的「私房食譜」，這份食譜沒有複雜的料理，不是名廚的步驟，全看當下的心情，所以「好心情食譜」就這樣誕生了。一份好心情，不論吃什麼食物，大概都會變成美味的樣子，在這個時刻，我就會立刻記下有關於那些食物的重要記憶。

　　氣味和情感總是互相連結的，在嗅覺及味覺的建立下，可以讓文字更有畫面感，營造出像電影般流暢度高的作品。透過描述跟生活貼身相近的「吃」，也能同時提升對文字的敏銳度，讓各個寫作的組織除了理性架構，還能有血有肉地寫出故事性。

　　將氣味的描摹放大，尤其是回憶的深度，有如《料理鼠王》中美食評論家鮑伯，對於小時候外婆親手做的雜菜煲，即使是過了數十年的職業生涯，仍舊心心念念的味道。很顯然地，食物之於人是無法脫離的存在，因此那些香氣才會如此令人難以忘懷。

問題引導

☞ 吃飯的二三事

1-1 你喜歡的飲食是什麼呢？試著聯想視覺、味覺、嗅覺並加以描寫。I

1-2 試著畫畫看你喜歡的食物。（觀察其特色透過色彩的運用及回想加以描寫）
 I

底細：參考答案區

1-1 我想我喜歡甜食勝過任何一種風味，爆米香和羊羹、肉桂捲和可頌，這些香甜滋味
　　讓我想起充滿陽光的午後，月亮特別亮的夏夜，還有蟬鳴不斷的芒果樹下，這些回
　　憶都像一幀幀美麗的畫面，在咬下一口時，甜味的瞬間自然被再一次地想起。

1-2 略

2-1 你有自己下廚的經驗嗎？如果沒有請試著想像做菜的情況？試著在廚房邊觀察並加以描寫。I、III

2-2 你的拿手菜是甚麼？料理祕訣是什麼？試著描述料理步驟及下廚的心情？如果沒有，請分享你吃過印象最深刻的拿手菜是什麼？I、II

底細：參考答案區

2-1 我喜歡在水果盛產的季節裡做果醬。在鍋子裡放進三百克的砂糖和一些橘瓣，噗嚕噗嚕的泡泡在橙色的下午，會飄著冬天的氣息，即使天氣有點寒冷，抹上果醬的麵包和一杯熱可可，還有外加一點微笑，天氣好像就不那麼冷了。

2-2 百分之百是茄汁義大利麵佐馬鈴薯沙拉。這麼少女的故事，也是第一次發生在我身上，在國二時，初戀的他說的：「我覺得義大利麵是最好吃的。」這一句話讓我第一次產生想為某人做料理的想法，於是，做料理這件事就在我心中滋滋萌芽了。

3-1 觀察自己的吃飯習慣？試著說明原因。Ⅰ、Ⅱ

3-2 你最懷念小時候的哪個零食？試著描述一下。Ⅰ

3-3 最適合假日的零食？請推薦一種給大家吧！試著寫出放假時的輕鬆心情及當下情緒。Ⅰ、Ⅲ

底細：參考答案區

3-1 雖然我是右撇子，卻習慣用左手吃飯，因為使用非慣用手，讓我大幅降低進食速度，進而控制食欲，而這個習慣也使我對飲食的「品鑑」更加敏感。

3-2 印象中吃過最可怕的是薑糖。過年時在菜市場試吃時，難受地直接往地上吐。不過，今天在那個依舊充滿人龍的市場裡，一包烏雞丸就讓我眼饞好久，最後受不了誘惑又多買了一包。

3-3 假日裡我有小酌的習慣，所以經常準備下酒菜或餅乾，但最喜歡的絕對是豌豆酥。這個零食本身沒有任何添加物，光是這點在目前市售零食上，就不得不大力稱讚一下，再配上冰涼的啤酒，小麥和豌豆的香氣十分融洽，讓人忍不住一口接一口。

☞ 廚房的味道

4-1 你認為調味料是做菜的必備品嗎？試著描述做菜過程中的氣味。Ⅰ

4-2 你心中理想的廚房需要具備哪些條件？描寫包含餐廚的擺設位置及餐具。Ⅲ

4-3 你在家常做菜嗎？有原因嗎？如果不常做？原因又是什麼呢？Ⅱ

底細：參考答案區

4-1 有新鮮的食材和簡單的辛香料，要做出料理並不難。尤其是原本就很新鮮的蔬菜，根本不需要過多的調味，就能嚐出「美味」。我自己製作調味料時，只需要將新鮮的番茄燜爛，再加入些許的鹽和黑胡椒、迷迭香，就能做出番茄醬。很多隨手可得的食材來自料理者的想像和巧手，無需透過太多複雜的加工。

4-2 我對餐具有異常的執著，每每逛街時都會被玻璃櫥窗的餐具色彩所吸引。小心推開門後的陶製小碗、銀色湯匙，都會令我醉心。雖然家裡的櫥櫃已經擺不下，但我的眼睛仍緊緊盯著它們，無法移開半步。

4-3 過去的我非常著迷加工食品，若將眼睛蒙上黑布，我還能一一說出洋芋片的所有品牌及口味。曾經在一堂選修課中，改變我的飲食習慣，我開始吃全素，也力行環保，尤其是在家做菜時有非常大的體現。由於改變飲食習慣的決心，也使我由衷地理解和珍惜每一次的料理「食光」。

5-1 你覺得吃飯是一件重要的事嗎？試著描寫一次印象深刻的用餐時光。Ⅱ

5-2 韓文中有「靈魂食物」這個說法，指的是在各種情況中，吃到某種食物時，都會有重生的感覺，你曾經吃過「靈魂食物」嗎？請描述它的味道和感受。Ⅱ、Ⅲ

底細：參考答案區

5-1 無論遇到生氣、開心、難過、平靜、戀愛等各種不同的心情狀態，我第一件想到的就是吃東西。怒火中燒時，我會買一大片披薩配上冰涼的汽水；心情特別好時，經過義式冰淇淋店，選一球最喜歡的草莓口味加巧克力豆；淚流不止時，從冰箱拿出一片巧克力大口咬下。對我而言，生活的五味雜陳都可以用吃東西來反應、消化，甚至轉念；「吃」是我人生的一部分，也是我最喜歡的那一部分。

5-2 就算每天吃，我好像都不覺得膩。啊！披薩的味道，我一想到它，嘴角就忍不住上揚，將起司拉開在燈光下絲滑的樣子，以及菠菜和番茄焗烤後的清香和胡椒粒完美搭配，加上微焦的麵皮邊緣清脆酥爽，現在就想吃上一口。

☞ 書頁上的香氣

6-1 你有買過食譜嗎？是什麼樣的類型？你感興趣的原因是什麼呢？如果沒有，
　　請查詢一本你可能感興趣的食譜，並介紹內容。I、II

6-2 你對料理相關的節目熟悉嗎？試著介紹節目內容，如果沒有，請查找相關節
　　目。I、II

底細：參考答案區

6-1 我經常逛書店，去找那些神奇、有趣，以及沒看過的食譜題材，我的家裡儼然是一
　　座怪奇圖書館。比如：食譜上的**麵包**看起來特別好吃，當映入我眼簾時，光看著咖
　　啡色的書皮，就能感覺一股焦香的麵包香氣飄散出來。

6-2 我對料理的興趣來自於小時候常看的《美國廚神》。除了精采刺激的挑戰賽，尤其
　　是所有參賽者對料理的熱忱，更是讓我著迷不已。多數參賽選手來自美國各地，參
　　賽前擁有不同的職業及身分，但無論是誰，所有人都為了爭奪食神的頭銜而來，每
　　個人的眼神都充滿自信。我發現，不論最後是否勝利，他們在做菜時的辛勤和專注，
　　認真的男人和女人，每個人看起來都耀眼奪目，格外迷人。

☞ 季節的問候

7-1 你會和朋友討論美食嗎？你們感興趣的是哪一類美食呢？Ⅰ

7-2 你喜歡自己吃飯還是和他人共餐，為什麼？Ⅱ

底細：參考答案區

7-1 我和朋友經常會收集餐廳資訊後，才會約見面時間。有時候也會在見面聊天時，嚐了一口菜品後，仔細品味調料方式，再偷偷記下，回去設法複製。此外，從街邊小吃到法式餐酒館都有值得品味的地方，所以「吃」千萬不要只用眼睛觀察，試著用實際品嚐來回答這道題目吧！

7-2 隨著年齡增長，自己獨自用餐的機會，遠比和其他人一起用餐更多。高中時在學校住宿，幾乎和室友一起吃飯，但因為課業壓力沉重，讓我吃飯快速，甚至「自然」成長為獨自用餐的人。記得之前有位老師曾說過，獨自吃飯竟也是很多人無法跨過的一件事，這是反應成長的一部分。「獨食」對現在的我來說，已經是一種習慣了，不需和別人討論菜單，只依照當時的心情做選擇，也無需擔心尷尬，甚至可以看喜歡的影片或追劇。對我來說，我喜歡自己吃飯，而這，其實也不是一件壞事。

8-1 在下雨天，有一定要吃的食物嗎？請描述原因。Ⅰ、Ⅱ

8-2 有人說吃甜食會想起重要的人，你有這樣的經驗嗎？請分享。Ⅱ

底細：參考答案區

8-1 我會泡一杯抹茶配車輪餅或可頌。雖然看起來很不搭嘎，但當我一邊吃，一邊靜靜地看著花園裡的葉片被雨水拍打，彷彿世界靜止一般，讓我可以在這個時刻，聽清楚心臟砰砰跳的聲音。

8-2 我第一個想起的是我的朋友 L 和 W。雖然我們都不是真正的廚師或評論家，但對食物的喜愛充斥著每個聊天的時刻。所以，每當我吃到好吃的東西時，總是會不由自主地興起「下次一定要帶她們一起來吃」的念頭。

9-1 你有喜歡哪個國家的美食嗎？試著描述該國家的美食及特點。I

9-2 你認為臺灣哪個地方的美食最有特色，描述當地的三種特色美食。I

9-3 你有極力推薦的美食嗎？試著描述這個環境帶給你的感受。II

底細：參考答案區

9-1 因為在四年前開始吃素，臺式料理的選擇對我來說，減少相當多的品項，所以法式的輕巧和豐富的調味讓我相當喜歡。

9-2 臺中應該是臺灣飲食差異化最明顯的地方，尤其是東泉辣椒醬和清水肉羹，讓我這個道地的臺南人大吃一驚，此外，還有種類繁多的咖啡廳和餐酒館，都深得我心。

9-3 臺中新光百貨公司有一間自助沙拉吧，它的選料完美、調味完美、湯品完美，我實在想不出比這更相近的比喻。

☞ 和我一起吃飯的時間

10-1 你吃過最難吃的食物是什麼？Ⅰ

10-2 最討厭的配菜是？為什麼？試著討論和分享。Ⅰ、Ⅱ

底細：參考答案區

10-1 在中國替表弟過生日時，我們特地選一個鮮奶油蛋糕，那層奶油簡直像在咀嚼衛生紙，中間的海綿蛋糕像沙粒一樣，用難吃形容，不如說是驚嚇或許更貼切。

10-2 國小第一次吃芥蘭菜，那個令我難以下嚥的味道，至今都沒有改變。所以，不管它被如何料理，在我心中已經掛上禁止進入的名牌，大概在我往後的生命中，也沒有機會被拿掉。

11-1 你心中最棒的外賣餐點是什麼？請試著描述該美食的特色，並說出喜歡的原因。Ⅰ、Ⅱ

11-2 在冬天，有一定要吃的美食嗎？請想像冬天常吃的食物及難得品嚐的料理，並以五官詳加描述。Ⅰ、Ⅲ

11-1 「四海豆漿」選項多元，是我的最佳選擇！我真心認為在選菜單時的趣味，可以蓋過晚上吃油膩食物的愧疚，特別是對於有選擇障礙的人。試一次，它完全值得你對宵夜的期待。

11-2 我舉雙手贊成，投給紅豆包子一票。從看見蒸籠打開，在那乳白色的煙霧下，紅豆包子軟嫩的外皮，以及微甜的香氣，讓我又回到冬天某個陰雨綿綿的日子，現在就想嚐一口的三十度氣溫。

12-1 家中附近有美食嗎？試著介紹至少三種，並說說它們的特色。I

12-2 你理想的校園餐廳應該有什麼美食呢？II

12-3 你有喜歡的飲料店嗎？描述一種最喜歡的飲品及口感。I

底細：參考答案區

12-1 一間有福州小菜的麵攤、一間有新鮮果汁的小攤，以及一間品項超多的早餐店，它們的料理讓我深深記住，當初喜歡吃東西的印象。它們的食物治好我對減肥造成的陰影，儘管它們聽起來只是尋常的食物，像是有醬油香的皮蛋瘦肉粥、濃密口感的木瓜牛奶、牽絲鵝黃色的起司蛋餅，這些即使是巴黎五星級餐廳也做不出來，還有關於我想念年輕時的記憶。

12-2 如果只有一票，我一定會投給自助輕食餐廳。尤其是當你在經歷段考的好幾科紅字，痛苦難耐時，只有通過或被當兩個選項，「自助」至少能讓你不那麼沮喪。

12-3 比 101 更出名的臺灣特色，我瞬間能想起的只有珍珠奶茶，不過，手搖飲料店中深得我心的是「烏弄」，但分店不多，這點絕對是唯一的缺點。這家店會隨著季節及農作物生長而更換菜單，喜歡嘗試新品的我，在下一個新品出現之前，珍奶是不二人選。祝福大家也能透過尋找菜單上最愛的飲品，這樣簡單的小事，因而感受到日常細瑣的幸福。

13-1 和誰一起吃飯最尷尬？如果和討厭的人吃飯會不會影響你的胃口？為什麼？試著討論吃飯時的有趣時刻，並加入文中探討尷尬的原因。Ⅰ、Ⅱ

13-2 你想念和家人一起吃飯的時光嗎？ Ⅰ

底細：參考答案區

13-1 我就算和討厭的人一起吃飯，都停不下話匣子，大概是性格關係，尷尬的概率幾乎是微乎其微。不過，如果是要求妹妹這類內向的人和討厭的人同桌，還得拚命說話，或許不能稱之為尷尬，應該就是討厭了吧！

13-2 我的家人常常因誰負責煮飯而吵架，所以我對家中的用餐氛圍並沒有特別思念。不過，這對我親自料理，學習獨立有相當大的幫助，或許有人和我有類似的經驗，不需要感到傷感，一定有更好的結果會出現的。

☞ 深夜的食堂

14-1 半夜肚子餓時，最佳的宵夜選擇是什麼呢？ I

14-2 你有多久沒和家人吃飯了？ I

14-3 你有和家人一起吃宵夜的經驗嗎？那是什麼情況？ II

底細：參考答案區

14-1 和義大利麵糾結好久，最後還是選飯。我想起街角那間小小的壽司店、也想起第一次做的豆芽拌飯，還有焗烤起司的香濃，飯派的朋友一定會相當認同我的想法。

14-2 因為住在家裡，基本上都和家人天天一起用餐，但是要達到「全員到齊」還是有點距離，畢竟每個人都有自己的工作和不同的身分。不過，我還是希望未來的某天，全家人可以像小時候一樣，坐在餐桌前好好享用一餐。

14-3 我的爺爺在五、六年前患上重聽，奶奶又有嚴重的心理疾病，因此，要坐在一起吃飯，甚至一起吃宵夜，是我童年中的美好記憶，那種記憶是一種味道，是關於過去時光的思念。

1-1 你喜歡的飲食是什麼呢？

4-2 最適合假日的零食？推薦一種給大家吧！試著寫出放假時的輕鬆心情及當下情緒。

5-3 你在家常做菜嗎？是什麼原因呢？如果不常做菜？原因又是什麼呢？

6-1 你覺得吃飯是一件重要的事嗎？ 試著描寫一次印象深刻的吃飯時光。

6-2 韓文中有「靈魂食物」這個說法，指的是在各種情況中，吃到這個食物時，都有重生的感覺，你曾經吃過「靈魂食物」嗎？請描述它的味道和感受。

我和我的好心情食譜

吃飯似乎是一件重要的事，是嗎？

在繁忙的日子中，不知道還有多少人記得這件事？

最近老是下雨，我常坐在木椅上聽著音樂，靜靜地看雨，比起浪漫，我好像終於有悠閒的心思，去看看螢幕外的世界。然後，肚子就不自覺地「咕嚕咕嚕」地叫，這幾乎讓我快笑出聲。我才驚覺，我有多久沒有開懷大笑了呢？我已經想不起來，那些讓我笑出聲的美麗事物，原來竟是這樣簡單。我撕開羊羹的包裝，將它擺放在木盤上，再將草莓切半，就泡一杯抹茶的時間，剛好吐司也烤完，風鈴呼嚕嚕地吹來，心中的那股悠閒就跟著來了。

接著，我將《湖濱散記》翻開在腿上，接著上次沒看完的段落，或許有很多人覺得，這是在「浪費時間」吧！比起更多的流言蜚語，能夠享受平靜的時光，就是吃飯了；比起華麗的餐具，我更喜歡簡單的木椅；比起複雜的料理方式，我更喜歡裸麥的麵包配一杯肯亞。一陣微風似乎才剛從我的臉頰輕輕滑過，那是一種很純粹的聲音，就像春季的鳥鳴或是夏季的蟬。只有一個人吃飯時，所有的感官被放大了一百倍，一切的喜惡分明，當叉子碰到瓷盤的聲音，又或是咀嚼生菜時的清脆，每一個聲音都有了一種輕快的節奏。然後，我發現正是陽光把這些青菜拉拔長大，我看著隱隱曬傷的皮膚，想起妹妹之前推薦的防曬乳，再一次笑出聲。

人在一個會運轉的地球上生活，這是一件多麼特別的事！有無數的星空不停地打轉，伴著大氣層，讓我懷疑，火箭如果比光速快，是不是能追上天

堂？如果除去糾結的時間，那些被淚水沖刷的日子會不會消失？不過，太陽還是會在明日升起，把萬物都照得通紅，那些時間真的重要嗎？或是，值得去執行喜、怒、哀、樂嗎？

叮！烤箱完成了任務，餅乾的香氣瀰漫整個屋子，我戴上紅白格子的隔熱手套準備取出，或許，眼前的這一刻，遠比人類是否登上月球還來得重要！

希望你更好

這是一篇很有自己調性的文章。不過，既然你的食譜具有好心情的效果，是否可以說說心情低落時，你是如何被食物療癒的呢？如果可能，可以試著把聽的音樂類型，羊羹的包裝，以及草莓、抹茶、吐司的外形和氣味也多做一點描述嗎？此外，有沒有曾經和哪個好友或家人一起共享好心情食譜的經驗呢？因為「獨樂樂不若與人樂樂」嘛！

購物穿搭指南

主題說明

　　購物穿搭是一門人類文明中相當重要的文化，它可以幫助你展現個人風格、增強自信心並表達自身品味，也可藉此受到他人的肯定。時代演變至今，甚至出現了所謂的「時尚產業」。時尚產業的轉變相當快速，各種品牌雖然提供多元的選擇，卻也使人眼花撩亂，要如何選購和搭配出令人滿意的組合其實並不容易。人類是一種視覺性動物，經常在有意無意之間在意彼此的外表，尤其是衣著打扮。正值青春的你，應該也想要在生活中，以體面的裝扮吸引他人的目光吧！

　　首先，了解自己是打造成功購物穿搭的第一步。我們每個人都有獨一無二的個性和自我偏好，這也充分體現在日常穿著風格中。透過觀察自己平時的衣著偏好（如喜歡的顏色、質地、舒適性……等），可以定位自己的風格。選擇如日系、韓系、歐美系……等印象的穿搭，也有助於在購物時的方向性，精準的選出符合自己風格的服飾。

　　其次，建立一個整齊有秩序的衣櫃，是創造時尚穿搭的關鍵。先對自己的衣服有所掌握，才能避免重複買到類似的款式，也可節省經費。巧妙運用如牛仔褲、白色襯衫、黑色修身褲和剪裁修身的外套……等單品，還能開發出更多搭配的可能性。

　　第三，投資品質良好的服裝也是購物穿搭重要的一環。優質的材料及精湛的製作技術可以提升穿著的質感，使你本人顯得既時尚又耐看。選購時，要仔細觀察衣物的質地、縫製技術，同時也要注意符合自己的身型和膚色，能夠兼顧舒適與氣質的展現。

　　最後，配件飾品在購物穿搭中也是不可忽視的要素。選擇適合的配件，如項鍊、手鐲、手錶、耳環、戒指、髮圈、髮飾和包包……等，可以發揮畫龍點睛的作用，展現出精緻的小細節。

☞ 吸引眼球篇

1-1 你最在意誰對你穿著的評價？為什麼？朋友、家人或是陌生路人？Ⅰ、Ⅱ

1-2 如果你的親友對於你的穿搭不認同時，你會因此想要轉換風格還是堅持自我呢？請說明原因？Ⅱ、Ⅲ

1-3 你曾經想模仿其他人的穿搭嗎？是網紅、明星還是身邊的朋友或同學？當你要模仿對方時，會考慮什麼因素（身材、氣質、路線）？Ⅰ、Ⅲ

1-4 你曾經因為穿搭的小細節（飾品、襪子、帽子或其他⋯⋯）被肯定，讓你感到驕傲嗎？如果有，那種感受可以請你描述一下？如果沒有，你會想嘗試被注意到嗎？Ⅱ、Ⅲ

底細：參考答案區

1-1 直覺會在意的是與我年齡相近的女性。不過陌生路人跟我素昧平生，他們的評價會讓我覺得比較客觀。

1-2 我會堅持自我，因為我覺得衣服是穿在自己身上，心情好最重要。再者，我認為他對於我這個人可能已經有既定的印象，所以，我比較希望對方花一點時間適應我的轉變。

1-3 偶爾我會觀察身材比例和我類似的明星，如果周邊的朋友或同學有質感的穿搭，也會讓我想嘗試。另外，我會優先考慮個人氣質的展現，不過，即便與我原本穿搭相差很多，有機會我還是願意嘗試。

1-4 令我最感到驕傲的小細節，我認為是帽子。因為我個人認為，帽子對臉型有修飾作用。帽子決定整體造型的好壞其實比想像中來得多，有一回戴帽子，曾經被人稱讚和自己的衣著很搭配，我覺得非常有成就感。

☞ **品味感受篇**

2-1 平時會特別在意自己的穿著打扮嗎？如果會的話，是從什麼時刻或情境下開始注意的呢？如果不會，原因又是什麼呢？Ⅰ、Ⅱ

2-2 你會注意他人的穿搭嗎？是不是身材好就能駕馭所有衣服？還是要顯出個人特質更為重要？Ⅰ、Ⅲ

底細：參考答案區

2-1 我大部分時間會注意別人的穿著打扮，通常是去逛街時，看到櫥窗裡的模特搭配很新潮的時刻。有時候也會因為當天逛街時，很多人穿了類似風格的衣服而吸引我的注意力。

2-2 我會注意他人的穿搭是否適合他。我認為身材好確實能穿比較多風格的衣服，但是個人氣質還是很重要的，這就是所謂衣服的「氣場」，能不能夠被撐起來。

☞ 購物方式篇

3-1 你在什麼樣的情況下會想購置新衣服？還是價格或顏色……等客觀因素吸引到你？你認為一個月的治裝費多少是合理的？Ⅰ、Ⅲ

3-2 你購入衣服的管道是什麼？你會透過網路還是實體購買衣服？你認為各自的優缺點是什麼？Ⅰ、Ⅲ

3-3 你是否曾經買過只穿一兩次的衣服？當初購買的原因是什麼？後續又是如何處理的？Ⅱ、Ⅲ

底細：參考答案區

3-1 有時逛街會因為當下的心情自然的購買，不過，客觀因素中，材質對我而言最重要。我認為一個月以不超過二千元比較恰當。

3-2 我通常會在購物中心的服飾店購買。我偏好實體購物，因為我個人覺得衣服真的試在身上才能確定是否適合自己，即便現在有一些科技模擬試穿，也很難取代實際穿著的體驗。我覺得實體購物的優點是即時性，購入後基本不會改變心意，缺點就是試穿會花比較多的時間；而網購的優點是便宜快速，也有退貨思考的空間，並且一次可以逛很大量的衣服，但缺點是，即便和模特一樣的身材，也有可能穿上去的感覺不如預期。

3-3 是，因為某些場合的需要，我曾經買過只穿一兩次的衣服，後續發現穿到的機會實在太少，只好轉贈或捐出去給別人。

☞ 整理篇

4-1 對於自己的衣櫃是否有明確的了解？你認為自己的衣櫃是整潔有序的嗎？請說明你如此認為的原因？Ⅰ、Ⅱ

4-2 你認為衣物的分類整理重要嗎？如果是，你是如何整理衣物的？如果不是，你要如何找到自己的衣服？Ⅱ、Ⅲ

4-3 你是否會以照片記錄自己的穿搭？你認同這是一個好方法嗎？如果不是，你有其他方法嗎？Ⅰ、Ⅱ

底細：參考答案區

4-1 我自認對自己的衣櫃有八成左右的了解。而我的衣櫃現狀算是馬馬虎虎，還過得去啦！我有略為分類，但沒有到相當整齊的程度，這是因為每次洗完衣服，我沒有馬上整理歸位，所以並不是非常整齊有序。

4-2 我認為衣服分類很重要，通常會依照季節及顏色分類，而且我平時有固定擺放的位置。

4-3 我會用照片記錄自己的穿搭，但不是常常如此。我認為這是很好的穿搭方法，也是蠻便利的方式。如果很久沒穿的衣服，我有時候也容易忘記，透過這樣的方法，比較容易記得自己還有哪些衣物適合做搭配。

☞ 風格篇

5-1 你認為自己的穿搭有什麼樣的風格？如果有的話，請簡述選擇這個風格的原因？如果沒有特定的風格，什麼樣的穿搭會吸引你的目光？I、II

5-2 實體購物時，你是否接受店員推薦？如果願意，原因是什麼？如果不願意，你考量的因素又是什麼？II

5-3 對你而言，舉出日、韓、歐美系……等風格的穿搭印象容易嗎？容易的話，請分別舉出適合的例子；困難的話，請舉出一個你有印象的穿搭。III

5-4 你有特別偏好的品牌嗎？品牌對你而言，是品質保證還是風格的奠定？III

5-1 我的穿搭風格是簡約系。我會以輕便簡約的搭配為主，白色上衣及黑色下身是我經常購買的單品，而牛仔丹寧布料剪裁的外套或洋裝，既輕便涼爽，看起來十分俐落有型，我也很喜歡。因為臺灣氣候炎熱，同時也頗為潮濕，所以為了兼顧時尚和便利性，我選擇這樣的穿搭風格。

5-2 我會接受實體店面店員的推薦，但老實說，我並不喜歡。原因是，多數情況下，店員的推薦都具有銷售傾向，無法確定對方是否認同衣服適合自己。不過，我也曾遇過時尚品味出眾的店員，為我進行出色的搭配。

5-3 容易，有很鮮明的印象。日系通常有兩種，一種是由素色組成簡單的單品，看起來精緻有格調；另一種是個人風格比較強烈的層次穿搭，基本上會以長裙跟襯衫作為搭配的單品。韓系則給人強烈的視覺印象，通常是一些比較凸顯身材的單品，比較緊身且露出部分肌膚，展現身材較佳之處。歐美系直覺就會想到牛仔丹寧風，各種類型不同的剪裁，顯露出一種俐落且酷帥的風格。

5-4 沒有。我認為有品牌的衣服基本上有一定的品質，也有品牌的風格。但我更喜歡自己「混搭」展現自己的品味。

☞ 挑戰篇

6-1 什麼情況下會讓你想嘗試不同以往的衣著？是展開新生活？出國旅遊或是其他情境呢？ Ⅱ、Ⅲ

6-2 你曾經精準地幫他人搭配出適合的風格嗎？那是在什麼樣的情況？如果沒有這樣的經驗，你會想挑選誰來為他搭配？ Ⅰ、Ⅱ、Ⅲ

6-3 如果想嘗試新風格，你希望是由有名的設計師，還是自己為自己進行改造？為什麼？ Ⅱ、Ⅲ

底細：參考答案區

6-1 剛好經過沒看過的店時，我會想嘗試新風格。通常是沒理由地想轉換心情，有時候嘗試不同風格的衣服，會有煥然一新的感覺，心情也會變得更好。

6-2 有的。因為我平常喜歡觀察別人，也有在關心流行趨勢，那是跟朋友一起出去逛街的時候。我比較喜歡幫陌生人進行搭配，因為不會受限於原先對這個人的印象和框架，也是發揮更多創意的機會。

6-3 我希望是有名的設計師幫我改造。因為我認為他具有一定的專業品味，也有幫很多不同類型的人進行改造的經驗。

☞ 一致性篇

7-1 你的穿搭會講求全身的一致性嗎？譬如顏色、材質……等？Ⅰ、Ⅲ

7-2 你喜歡與周圍同學穿相近的衣著嗎？這對你們的友誼有提升的作用嗎？還是有其他原因？Ⅱ、Ⅲ

7-3 你認為什麼配件最能夠發揮衣服畫龍點睛的作用？可以簡述一下你的經驗嗎？Ⅰ、Ⅱ

底細：參考答案區

7-1 會，我覺得顏色的搭配和風格要先定位好，才能做出接近自己理想中的穿搭。

7-2 我雖然不太喜歡和同學穿太相近的衣服，但願意嘗試。我認為對友誼沒有必然的提升作用，而且我不偏好這樣的作法，我認為每個人應該穿上適合自己風格的衣著。

7-3 我認為鞋子最能夠發揮衣服畫龍點睛的作用，雖然鞋子穿在腳底下，但很有機會影響視覺。有時候一套衣服單看很普通，但穿上鞋子後，就有精緻整齊，以及整體感。我曾經穿過一雙涼鞋，表面上看起來很普通，但視覺上卻顯得腿比原先更修長了。

☞ 試穿篇

8-1 試穿對你而言重要嗎？你曾經不試穿就購買嗎？請簡述一下經驗。∏

8-2 不能試穿時，考慮什麼因素最多？你仍會購買的原因是什麼？（價格、潮流或模特穿起來的感覺……等）？∏

8-3 有人購買了一件設計完美，但不合身且是最後一件的衣服，請問購買者是什麼樣的消費者心態，你認同這樣的作法嗎？Ⅲ

底細：參考答案區

8-1 很重要，如果有試穿的機會我都不會錯過。我是選擇簡單的上衣，量過身材比例後買的，穿起來跟預期的差不多。

8-2 不能試穿時，我最先考慮價格，因為網購通常都比實體購物便宜一點，一般而言，我會購買曾經在實體購物過的店家為主。

8-3 不認同，很不值得啊！我覺得衣服選擇機會比想像中還來得多，所以不需太執著。至於會購買設計完美，但不合身且是最後一件衣服的人，應該是抱持著打腫臉充胖子，一種死要面子的心態。

1-3 你曾經想模仿過其他人的穿搭嗎？是網紅、明星還是身邊的朋友或同學？當你要模仿對方時會考慮什麼因素呢（身材、氣質、路線）？

3-2 購入衣服的管道？你會透過網路還是實體購買衣服？你認為各自的優缺點是什麼？

4-2 你認為衣物的分類整理重要嗎？如果是，你是如何整理衣物的？如果不是，你要如何找到自己的衣服？

5-3 對你而言，舉出日、韓、歐美系……等風格的穿搭印象容易嗎？容易的話，請分別舉出適合的例子。困難的話，請舉出一個你有印象的穿搭。

7-3 你認為什麼配件最能夠發揮衣服畫龍點睛的作用？可以簡述一下你的經驗嗎？

從日常衣服整理及購物中培養美感，找到適合自己的穿搭

在日常生活中，我們總是接收到各種形形色色的資訊，總是有幾個焦點接近我們理想中的樣子，可以吸引我們的目光。於是，我們想變得和他（她）一樣美麗有型，會想要模仿他（她）的穿著打扮，跟他（她）使用一樣的物品。我認為模仿是學習的起點，如果想要變得更漂亮、更引人注意，從模仿開始，是一件很好的事。不過，在模仿心中範本的過程中，也應該懂得考量自身條件，多方評估後，再嘗試適合自己的穿搭。

現在購物管道非常多元，然而，就買衣服來說，實體通路才是我的偏好，因為可以試穿，並親手感受布料的材質，會比較真實、準確。雖然在實體通路購買可能會耗費比較多的時間，但可確保是自己喜愛的。網路購物相比起來，購物的速度快速很多，能夠在同一個頁面同時瀏覽好幾件衣服，但就個人經驗而言，通常在收到時會有顏色、剪裁上的差異，品質上不是很有保障。

整理衣服也是自我了解的一環，因此，如果能培養衣櫃整齊的好習慣，應該是踏出時尚品味的第一步。平時我會將衣服依照顏色、季節，做個簡單的分類，並在洗完衣服後就歸回到固定的位置，如此一來，能夠在下次進行搭配時，很快能找到需要的衣著了。

另外，如果要對印象穿搭做分類，我首先選擇異國性穿搭作為主題。因

為平時在外逛街時，很多品牌能夠奠定自己的風格，都是以國家作為基礎，所以我認為，對大多數人而言，舉出日系、韓系、歐美系……等穿搭並不是一件非常困難的事。因此，從這個方向去做出適合自己的風格，也是一種定位自身的好方法。

而穿搭上的配件有非常多種，從頭至腳，舉凡帽子、眼鏡、耳環、項鍊、手環、手錶、手飾和襪子……都能算是所謂的配件。另外，在配件中，我認為最重要的應該是鞋子，因為鞋子很容易產生意外性的視覺影響，穿上鞋子時，也能夠明確的看到穿搭「完成」的整體感。

希望你更好

你的敘述很有層次，但更期待看到你談談自己穿搭滿意的整體描述啊！尤其是配色、材質，還有你穿上時的內在和外在感受（視覺、觸覺，嗅覺），甚至是表情和動作。此外，你提到的購物經驗，能不能用說故事的方式分享一下呢？試著讓這篇文章多一點畫面感，會更有吸引力喔！

寫作見習區

航海日誌

余冠廷、李昕祐、吳信融、趙紳煜

主題說明

致：仍在茫茫人海中漂泊的航海家們。

眾所周知，「戀愛」是每個人一生中一定會遇到的課題。在修習這一門高深學科的過程中，有的人乘風破浪，有的人載浮載沉，有的人一帆風順，於是乎，人們常戲稱戀愛就像一片「海」。

而所有在這片海域上航行的人們，就被稱之為「航海家」。

在海上漂泊一定會遇到各式各樣的情境，坦白說，暈船比死還痛苦，那……何謂「暈船」呢？暈船指的就是墜入情海，愛而不得，卻還苦苦追求的處境。

至於為何明知希望渺茫，卻仍遲遲不肯下船呢？或許是因為每個人心中都有著對感情的渴望；也或許暈船就是他的執著，而那些與對方的每個互動都是支持他繼續待在船上的動力。儘管彼此的互動跟一般朋友沒啥兩樣，但暈船的人們卻容易帶著濾鏡去解讀，以致於深陷其中，而無法自拔。

實際上，長期處在這樣的心理狀態下，對於暈船的人是不好的。航海必定會有風浪和出乎意料的景色與情況，但無論現階段是處於暴風雨中、暈船或擱淺，這趟旅程都會有值得回味的地方。透過這個主題，你也可以重溫當時的心酸甜蜜，鼓起勇氣繼續往下個旅途邁進，這應該就是航行最大的意義吧！

所以，本主題特別集結了幾位航海家在航道上的歷程，將他們用血淚換來的經驗，整理成一系列的情境問題，讓各位讀者體驗、檢視自己是不是屬於容易暈船的體質。如果真的暈船了，也能推測對方可能的想法，讓自己容易暈船的體質得到改善，如此一來，就能有效降低暈船的痛苦。現在，就讓我們開始來進行測驗吧！

問題引導

題目設定：對方是否對我有好感

☞ 1. 出外旅遊篇

◇ 1.1

「欸～你功課好好喔，你能教我嗎？」*

1.1.1 是：天啊！我竟然有可以幫上忙的地方，這一定是我的機會來了！

1.1.2 否：剛好我有空，就幫一下忙，當作積功德吧。

◇ 1.2

「那你這周有空嗎？要不要一起去圖書館？」

1.2.1 是：他主動約我，肯定中了啦！一定有戲！

1.2.2 否：約個圖書館也方便查資料，沒毛病。

◇ 1.3

（讀書結束後）「讀完書肚子好餓喔，要不要一起去吃宵夜？」

「好啊！」

（吃完宵夜後）「今天謝謝你！那我就先走囉～你路上小心。」

「現在時間比較晚，你一個人走太危險了，還是我送你吧 ！」

1.3.1 是：讀書完吃宵夜……已經是一個約會 set 了吧！那我一定要為這個約會
畫下完美句點，讓我送你回家吧！（小鹿亂撞）

1.3.2 否：時間太晚了，兩個人回家也能互相照應，這沒什麼吧～

◇ 1.4

（在機車上）「你知道嗎？除了我家人以外，這是我第一次坐別人後座
欸～」

1.4.1 是：O！M！G！他說他第一次坐別人後座欸，他坐我後座欸！

1.4.2 否：「哈哈哈哈哈哈！」隨便敷衍好了，這哪有什麼特別的。

---

* 「是」代表認為對方對我有好感，且自己對他也有一定程度的好感。（暈）
「否」代表認為對方沒有好感，且自己對他也沒有好感。（沒有暈）

◇ 1.5

（回到家後）「今天真的謝謝你教我功課，我們下星期二再一起去圖書館吧！」

1.5.1 是：他主動約我下一次一起出門欸！什麼！你說是去圖書館？不管啦！他約我欸！

1.5.2 否：也好，我還有好多資料想查清楚喔。

◇ 1.6

「你這周有空嗎？我想去逛夜市，想問你要不要一起？」

1.6.1 是：他這次約我去逛夜市欸！兩個人欸！他是不是喜歡上我了？

1.6.2 否：剛好我這周也沒事，一起去逛夜市吧！還真的好久沒去夜市了。

◇ 1.7

（逛夜市中）「有點冷欸……」（脫外套，披上）

1.7.1 是：

1.7.1.1 我這樣一定大加分吧，他一定覺得我很貼心，哇哈哈哈哈哈！

1.7.1.2 他怎麼知道我很冷？他好暖喔！（默默地把披上來的外套拉得更緊）

1.7.2 否：

1.7.2.1 講都講不聽，就說很冷，不就還好我裡面穿長袖不會冷。

1.7.2.2 啊～～他幹嘛給我外套？想耍帥喔？算了！反正我也很冷，隨便啦。

◇ 1.8

（一起並肩走在路上）「小心一點，車子很多」（把對方往旁邊拉）

1.8.1 是：

1.8.1.1 小心！你可不能受傷了！

1.8.1.2 天啊！他都有替我注意安全，好貼心！

1.8.2 否：

1.8.2.1 有沒有長眼睛啊？笨死了。

1.8.2.2 吼～～嚇我一跳！幹嘛啦！

◇ 1.9

（看夜景時）「你之前有跟誰來看過夜景嗎？」

「沒有欸，這是我第一次跟別人單獨出來看夜景，是因為你約我，我才來的喔！」

1.9.1 是：他約我單獨來看夜景耶！是不是想單獨跟我相處？

1.9.2 否：客套客套一下，反正也不排斥跟他單獨相處。

◇ 1.10

（住宿舍時的晚上）「今天晚上天氣還不錯，蠻適合看星星的，要不要一起出來散散步？」

1.10.1 是：看星星耶，太浪漫了吧！是不是有戲？

1.10.2 否：反正也沒事，出去走走，運動一下好了。

◇ 1.11

（坐恐怖遊樂設施）「啊！啊！啊！好可怕啊！」（緊抓對方身體或衣服）

1.11.1 是：哇塞！她抓住我欸！是不是我可以給她安全感？

1.11.2 否：天啊！這遊戲太可怕了吧！只要有人可以抓，任誰都好！

☞ 2. 聊天訊息篇

◇ 2.1

（發限時動態）（一分鐘後）「怎麼啦？需要聊聊嗎？」

「沒啦，今天被爸爸罵，有點難過，我在公園附近散步。」

「好，那我去找你。」

◇ 2.2

（抱怨一個小時後）（認真注視）「沒事啦，不要想太多，你很棒，真的有什麼事，我都在（拍肩）」

◇ 2.3

（IG 便利貼）「要畢業了」

「時間過得真快」

「對啊！晚上要不要一起吃個飯？」

「好呀！」

（用餐中……）「就算畢業了，我也不會忘記你的」

2.3.1 是：哇塞！太感動了吧！

2.3.2 否：這麼好的朋友怎麼可能忘記！

☞ 3. 興趣愛好篇

◇ 3.1

（玩遊戲的時候）「我走前面，我保護你！」

「好啊～」

3.1.1 是：竟然說要保護我……（羞）

3.1.2 否：哭啊，你跑那麼前面去送死的喔！耍什麼帥啦，你給我撤退，不要去
送死！

示範短文

☞ 使用說明

　　這個單元的短文是採取類似情境題的模式，屬於觀察性質，不會提出一些問題，而是提供一些暈船（誤以為對方對自己有意思）的情境讓讀者自行帶入，去體會一下這些情境帶給自己的感受，以下挑了五種暈船情境。

情境一：跟你分享她小時候的事

　　這種情況會有一種，她不介意，加上也想讓你了解、跟你分享她的過去的感覺，容易讓人產生「我是不是更靠近她了？」的錯覺。

情境二：每天聊天

　　一般情況下，除了朋友之外，人們一定都是跟自己有好感或欣賞的對象才會每天聊天。而且，每天聊天也容易讓人產生一種依賴感，覺得好像突然一天不聯絡就渾身不對勁，但這種依賴感是最危險的，天堂與地獄，一線之隔啊！

情境三：送你生日禮物

　　通常人們只會送禮物給對自己有一定重要程度的人，尤其是女生，所以，這種舉動更容易讓男生誤會女生對自己有意思。

情境四：單獨出門

　　基本上除了那種超級要好的異性朋友之外，一對男女單獨出門很容易就讓人往約會的地方去聯想，因為獨處實在是讓關係增溫的最佳時刻。

情境五：跟你分享她的生活日常

　　這種行為極大的機率，會讓人覺得妳不排斥讓他進到妳的生活中，和每天聊天大概是一樣的感覺。因為情感的經營來自於分享欲，如果真的有把一個人放在心上，就會不管生活中遇到什麼事情，都會想要第一個跟他分享。

　　簡單介紹以上五種情境。提醒你！在這個人與人之間顯得相對冷漠的時代，兩個人如果真的互相喜歡，就真的、認真地好好在一起，千萬不要玩弄別人的感情，更不要傷害別人的心。

第一位航海家的《航海日誌》以及再次提醒

　　愛情是人們長久以來最大的課題之一，不論男女老少，對於愛情的這份渴望人皆有之。而現在的時代裡，愛情這種東西似乎變得更複雜了一點，人與人的互動更加頻繁，也使得兩人之間的情感交流出現了那麼一點模糊地帶，倘若不小心陷入這樣的模糊，那就是所謂的「暈船」了。

　　本單元搜集兩人的互動模式以及對話，想試著去探討在這樣的情景之下，你是否會成為船上的一員呢？這些問題是我們在生活中聽過，或者遭遇過的情況，我們想帶領讀者一起進入這個奇妙的灰色地帶，一起享受在這樣的攻防戰中，要如何站得住腳，或者從頭到尾都不踏入曖昧氛圍，所以，選擇權全在你手上囉！問題大致上分為：1.出門旅遊、2.訊息聊天、3.興趣愛好三類，而這些在日常生活中，看似曖昧的互動，是否會成為暈到無法自拔的毒藥呢？就等各位來一探究竟吧！

　　我們給予讀者一個暈船情境，讓讀者將自身代入其中，並透過重複性體會與觀察，更加理解自己與「暈船時」該如何處置。

1. 被載時，手伸進你的外套口袋
2. 送你生日禮物
3. 跟你分享小時候的事
4. 每天聊天
5. 單獨出門看夜景

情境一：被載時，手伸進你的外套口袋

2022/12/30

她今天竟然在我騎車的時候說，因為太冷而把手伸進我的外套口袋欸！這是不是有戲了？太爽了吧！心跳好快喔！

情境二：送你生日禮物

2023/1/22

今天她竟然送我生日禮物，她記得我的生日欸！她怎麼會記得我的生日？是因為對我有意思，所以記得嗎？這也太讓人心動了吧！竟然記得人家生日，還特地送禮物，好暈啊！

情境三：跟你分享小時候的事

2023/2/13

今天她跟我分享了她小時候的事情，是關於她和父母親以前相處的過程，跟我說這麼私密的事情，是不是代表她更信任我了呢？

情境四：每天聊天

2023/2/26

這陣子以來，我們都是每天聊天，這樣的互動也不是一般朋友會出現的……我們是不是有機會進展成戀人啊……？真的覺得跟她好聊得來哦！

情境五：單獨出門看夜景

2023/3/5

今天我們來到了望高寮看夜景，這裡的夜景非常美，非常浪漫，燈光美、氣氛佳，看她也更漂亮了。我們聊得很熱絡，一點冷場都沒有，跟她出來真的很開心欸！而她願意單獨跟我出門，是不是非常信任我，也對我很有興趣了呢？

第二位航海家的《航海日誌》

情境一：跟你分享小時候的事

2021/10/15

今天聊天的時候，她竟然和我分享了她小時候的回憶欸，好像有一種更接近她生活的感覺了。她會跟我分享這些，是不是代表她不排斥讓我更靠近她的生活啊？好開心！

情境二：每天聊天

2021/10/30

天啊！我們已經每天聊天將近兩個月了，現在每天都好期待她的訊息，不知道她是否也跟我有同樣的心情呢？每天聊天就好像跟她一起生活一樣，好像漸漸對她產生了依賴感……

情境三：送你生日禮物

2021/11/13

也太感動了！她今天竟然送我生日禮物！而且我根本沒在過生日的啊！結果她竟然記得我的生日！她是不是真的對我有意思啊？不然幹嘛這麼用心？天啊！我單身的日子終於要結束了嗎？

情境四：單獨出門

2021/12/14

今天終於把她單獨約出來了！一整天跟她相處下來真的好開心，話題怎麼聊都聊不完，沒想到真的會遇到一個和我那麼聊得來的女生！聖誕節就快到了，不然，聖誕節也把她約出來一起過好了……

情境五：跟你分享生活日常

2021/12/20

今天聊天她一直跟我分享她今天做了什麼欸，好喜歡聽她分享她的生活日常，這樣就好像我也和她一起經歷了那些事，如果以後每天都能這樣就好了！

第三位航海家的《航海日誌》*

2021/09/06（一）

今天剛開學，離散數學真的好難啊！嗚嗚，我當初為什麼要選數學選修課呢？是說，今天坐我旁邊的男生超帥的！長得乾乾淨淨的，還很認真聽課，我本來以為這種人跟我一輩子都不會有交集，沒想到他居然主動跟我搭話，他看我有困難，願意主動教我功課，好讓人心動啊！難道我的春天要來了嗎～（心動）

2021/11/23（二）

今天大家一起聚餐，沒想到她也有來，以前聽老師們聊跨校聯誼，抽鑰匙，好羨慕啊。現在終於有機會體驗到了！更讓我沒想到的是，居然是她抽

---

* 第三和第四位航海家將情境自由發揮。

到鑰匙，她還跟我說「除了家人以外，這是我第一次坐別人的後座」，沒想到我能成為第一個載她的人，好希望以後也能一直載她……

2021/12/31（五）
第一次過跨年夜，來跨年的每個人都好快樂啊！好多攤販，還有好多賣衣服、飾品、吃的，跟大家一起逛也好快樂，最喜歡這種一起熱熱鬧鬧過節的感覺了！今天買的熊熊造型奶茶超級可愛的，我瓶子喝完都捨不得丟QQ……

啊……是說……今天好像跟他間接接吻了 ><，他居然看到我喝熊熊奶茶，覺得很新奇就拿去喝了，我都來不及阻止他，但他好像也沒那麼介意……

2022/02/01（二）
今天天氣微涼，雖然大部分的時間都是陰天，但還是有出太陽的時候，今天她的 IG 限時動態發摯友，我從沒想過我能進到她的 IG 摯友裡，她這樣是對我有意思，對吧？她這樣是喜歡我，對吧？我是不是應該找一個適合的時間跟她告白呢？

2022/03/01（二）
「下周末你有空嗎？我想看一個展覽，想說你會喜歡，問問看你要不要一起去，我可以載你。」
啊～啊～啊～啊～啊，他居然要約我出去欸，而且聽起來是單獨出去，我一定要好好打扮，感覺那天跟他告白一定會成功！邁向脫離母單之路……

第四位航海家的《航海日誌》

2022/07/29（五）
她都說我是她最好的朋友，可是我總覺得我們之間的關係有那麼一點點微妙，該怎麼說呢？我想我是特別的吧！像是那天我們跟一群同學去勤美走走逛街，她會問我：「熱不熱啊～想不想喝點東西？」然後還特地去幫我買了一杯我最喜歡的柳丁綠，哇！當下我心裡的小鹿已經要撞出來了！她真的

太貼心了啦（出外旅遊）

2022/07/31（日）part.1

這天她說她心情不好，被爸爸跟姐姐唸了一頓，我真替她生氣！為了讓她心情好點，我還問她要不要一起出來散步，我還偷偷準備了一些小點心，希望她會喜歡～（聊天訊息）

2022/07/31（日）part.2

結果她說今天很累，不想出門……可惡，原本還準備了好多笑話想逗她開心，看來只好下次了，不知道她現在在幹嘛呢？會不會偷哭啊？我想我打通電話給她好了！（聊天訊息）

2022/08/03（三）

她答應明天跟我出門！我好興奮啊！我來想想要穿什麼衣服，一定要穿得帥一點，還是去剪個頭髮呢？好煩喔，到底該怎麼樣才能讓她對我留下好印象呢？這可是我們第一次正式約會啊！（出外旅遊）

2022/08/04（四）

今天好開心！我們一起騎著摩托車，逛遍了半個臺中，一起吃飯、一起喝咖啡、一起看電影，她還說，這是她第一次跟男生單獨出門，這何止是有火花，已經整個發爐了好嗎！我想這次我一定勢在必得，脫單之日不遠了！哇哈哈哈哈哈哈！（出外旅遊）

2022/08/20（六）

最近太忙了，一直沒空好好寫日記，為了開學的迎新活動，整個吉他社忙得不可開交，我身為幹部一員，也要練習好幾首表演曲目。還記得上禮拜三，我們在社址練習時，她也跑來了，她說她很想學吉他，但一直沒有人可以教她，我馬上就答應她了，一想到之後有很多機會可以單獨相處，我就無法控制我的嘴角了，我這樣會不會很像噁男啊？管他的，我要趕緊繼續練習囉～（興趣愛好）

希望你更好

　　各位航海家好有創意啊！如果把這些對話收集、改編一下，可以試著寫一篇劇本或極短篇喔！不過，《航海日誌》中有些文字稍微通俗了些，需要再做點調整，人物的內心獨白也可以再細緻點，讓外在的對話和內在的 OS 產生強烈的對比，會更有趣味性！

第二編　帶你去旅行

臺中大哉問

劉玟瑜、蘇微婷

主題說明

　　臺中市是臺灣第二大城市，也是臺灣第二大都會區「臺中彰化都會區」的核心都市，並常與彰化縣、南投縣合稱「中彰投地區」。臺中市擁有臺灣第二大港口，市內的清泉崗基地為全臺最大的空軍基地，在世界人口普查組織裡為世界排名第 132 大都會區。

　　因位於臺灣西半部的樞紐位置，四季氣候宜人，日治時期積極興建鐵路、開通公路及海港運輸，讓臺中躍身為中臺灣政治、經濟、交通、文化的重鎮。臺中市政府對古蹟保存不遺餘力，完整保留了日治時期的棋盤式街道、兩百年歷史的樂成宮、雕工華麗且香火鼎盛的城隍廟、三殿式格局的萬和宮、古蹟張廖家廟，以及同樣有兩百多年歷史的大甲鎮瀾宮，每一處都讓人發思古之幽情。

　　臺中市是現代與傳統相互融合的城市，在尋古訪幽之餘，國立臺灣美術館、國立自然科學博物館與臺中市文化局共築成美學、文化與知識的鐵三角，不僅激盪出人們對美的感受與對科學的求知渴望，提升真、善、美的心靈，更營造出優質的休閒生活。而林立的百貨公司、各具特色的商圈、各式陳列的精品名店、濃濃歐式風味的精明商圈，以及美術園道的椰林餐廳，都讓臺中市有如巴黎香榭大道的優雅浪漫，滿足所有追求時尚的品味饗宴。在充滿文化饗宴的臺中行走，將帶給人們驚豔又餘味繚繞的旅程。

　　總的來說，臺中的魅力，來自依山傍海的生態自然、保存在古意盎然的歷史風華、蘊涵著盡善盡美的藝術文化；在珍惜傳統記憶和發展現代建設中，接軌國際並聞名世界！希望更多人體會這座城市的美，並透過「臺中大哉問」更了解這座城市。

問題引導

☞ 想品味在地人才懂吃的美食

1-1 臺中有個知名的特產——東泉辣椒醬，你知道臺中人會吃什麼和它搭配呢？
你曾經吃過嗎？如果有，你覺得味道如何呢？如果沒有，你會想試試看嗎？
為什麼？Ⅰ、Ⅱ

1-2 宮原眼科曾經是日治時代臺中規模最大的眼科診所，後來變成臺中衛生院，
而現今又改為販售糕點、飲料、甜品的精緻商業空間。你曾經去朝聖嗎？
如果有，有什麼回憶呢？如果沒有，你會想去造訪嗎？為什麼？Ⅰ、Ⅱ

1-3 想要帶一些伴手禮給家人，有哪些是沒買到不能算是來過臺中的伴手禮（食
品）呢？Ⅰ

底細：參考答案區

1-1 粽子、水煎包、肉圓……等。有，我覺得它的味道甜中帶辣，味道適中不會過甜或
過辣，非常適合作為許多食物的醬料，難怪在臺中這麼有名！

1-2 沒有。我會想去看看，除了非常想吃宮原眼科有名的冰淇淋，也想去欣賞宮原眼科
的建築，因為它有歲月的痕跡，且在網路上看到室內裝潢的照片，獨特的美感很吸
引我。

1-3 太陽餅、鳳梨酥、雞爪凍……等。

☞ 關於臺中的靈異傳說與事件

2-1 臺中大坑風景區曾有關於紅衣小女孩的傳聞，你知道此故事的由來嗎？Ⅰ

2-2 臺中東海大學有過一樁命案事件被取材翻拍成電影《女鬼橋》，故事由來是曾有一對學生情侶，戀情得不到家長祝福，於是雙方約定半夜十二點在男生宿舍旁的小橋相會並私奔，最後男生遲遲沒有赴約，女生悲傷不已，選擇跳橋而死。請說出你對該傳聞的看法？Ⅰ、Ⅱ

底細：參考答案區

2-1 記錄一個家族於 1998 年 3 月 1 日在臺中市北屯區大坑風景區風動石郊遊時，以錄影機拍攝遊玩影片，卻發覺在其影像中，登山隊後方有一名身穿紅色童裝的「紅衣小女孩」，但其臉孔卻十分蒼老，一如老嫗。參與郊遊的其中一人後來隨即病死，故拍攝者將影片寄到靈異節目尋求解答。

2-2 我認為若是兩個人的戀情遭遇阻礙，自殺或一同殉情都不是最好的方式，若不要以靈異的角度探討這個故事，它其實是一個值得大家省思及警惕的悲劇。希望我們都能夠更加理性地面對感情的困境，不要衝動去做傻事。人生的路途很長，俗話說：「留得青山在，不怕沒柴燒。」只要繼續努力活著，並心懷善念、樂於助人，一定會有好事發生，千萬別為了感情的事想不開！

☞ 體驗臺中大眾運輸交通工具

3-1 臺中捷運於 1990 年開始規畫，中間一度因資金及使用需求等因素延宕建設
計畫，最終於 2021 年營運通車。你曾經搭過臺中捷運嗎？ I

3-2 請你試著規畫一個簡單的臺中捷運輕旅行。III

3-3 臺中市民以及就讀臺中大專院校以下各級學校的學生，持綁定的電子票證搭
乘本市公車，可享「10 公里免費＋超過 10 公里車資上限 10 元」的優惠。
你覺得這項政策會帶來什麼好處呢？III

底細：參考答案區

3-1 有搭乘過臺中捷運，前往高鐵站挺方便的，雖然只有文心路一條路通車，但其與臺
灣大道的交會點（市政府站）對於當地居民及觀光客來說都是蠻方便的轉車點。

3-2 假如是從外地搭乘火車來到臺中，可以試著搭乘公車到市政府站，接著再轉乘捷運
搭乘到文心森林公園站，到附近的咖啡廳坐坐，悠閒地喝杯下午茶，應該是不錯的
選擇！

3-3 我覺得這項政策挺好的，鼓勵大家搭乘公車可以達到節能減碳的目的，也可以多少
減輕交通尖峰時段的汽、機車流量。

☞ 在地人口中的臺中地方特色

4-1 猜猜看何者不是印象中臺中人的標配呢？ A. 棒球棍 B. 慶記 C. 重型機車 I

4-2 請說說你對臺中人有什麼刻板印象呢？（例如：語助詞、生活習慣……等）
    I、II

底細：參考答案區

4-1 C. 重型機車。其實前兩個答案 A. 棒球棍、B. 慶記也是大家平常愛講著玩，一提到臺中就會想到的。不過，臺中夜晚經常有凶狠人士出沒，平時出門（尤其是去到火車站、KTV 等場所時）真的還是要多加小心。

4-2 說到臺中首先就會想到科博館、歌劇院和新光三越！這些是不管當地人還是觀光客都常會去的地方，而這個城市的核心似乎就是臺灣大道及文心路一帶，以及比較知名，但離市區稍遠的景點，例如：梧棲港、麗寶樂園等，超出這範圍就不太了解了。

☞ 觀光客想了解臺中的歷史

5-1 你知道臺中在日治時期有「臺灣的京都」之稱嗎？你覺得為什麼日本人會這麼稱呼呢？Ⅰ、Ⅱ

5-2 臺中公園建於日治時期，是臺中歷史最悠久、也是面積最大的公園，而湖心亭應該是其中最具有歷史意義的景點。你覺得臺中市 LOGO 為何如此設計呢？Ⅰ、Ⅱ

5-3 臺中最重要的幹道——中港路於 2012 年改名為臺灣大道，而臺灣大道其實連接了中正路、中港路、中棲路，但除了中港路外，其他路幾乎沒有人提起，許多臺中人對於這個改名政策感到不解，也有很多人認為應該改回來才是符合原始的意義。你認為此事為何爭議不斷？並提供對這個政策的看法。Ⅰ、Ⅱ

5-1 這個代稱與綠川有關。綠川是臺中市四大河川之一，更是臺中市人文的發源地。綠川起源於清代，在日治時期的綠川河岸美麗動人，貫穿中區繁華街道，可以媲美日本京都的鴨川，所以有「小京都」美譽（但現代臺灣的「小京都」，一般多指臺南市）。

5-2 臺中市 LOGO 設計理念是以最具歷史文化代表性的「湖心亭」為主軸，設計者重新賦予她亮麗的色彩，並以簡潔流暢的線條勾勒造形的美感。

5-3 雖然不少市民表示「之前報路時客人說：導航一直帶我走臺灣大道啊，中港路在哪？真的很難改啊」、「改不了啊」、「還是中港路好」，我覺得改路名沒什麼意義，但不管是新的還是舊的路名，總會習慣的一天，舊名也終將成為歷史。

☞ 拜訪臺中知名景點

6-1 臺中歌劇院由日本建築師伊東豐雄設計，擁有大劇院、中劇院、小劇場以及一個小型戶外劇場，另有餐飲空間與空中花園。你曾經去過嗎？你的感受是？如果沒有，請上網查詢資料，再說明這裡的特色。I、II

6-2 臺中圓滿劇場座落於文心森林公園旁，號稱亞洲最大戶外劇場，這裡時常會舉辦活動，例如音樂祭、燈會⋯⋯等。你曾經去過嗎？你的感受是？如果沒有，請發揮想像力，描述一下可能見到的場景。I、II、III

6-3 臺中高美濕地因眾多鳥類棲息而成為賞鳥熱門景點，那裡還有美麗的晨昏變化、獨特的人工景觀（高美燈塔和風力發電風車），以及滿風迎面的自行車道。你是否曾經到過這裡欣賞美景？你的感受是什麼呢？如果沒有，請上網查詢資料，再說明這裡的特色。I、II

_____

_____

_____

_____

_____

_____

_____

_____

_____

_____

_____

_____

底細：參考答案區

6-1 曾在臺中歌劇院欣賞過幾場演出，有音樂劇，也有演奏會，覺得這邊場地特別好，有分大、中、小劇場，室內也很大器，禮品店還有許多精美的小物，欣賞完表演後，在建築物外散步，可以體會一下臺中的城市之美。

6-2 我沒有去過臺中圓滿劇場，但感覺是個適合舉辦演唱會的場地。希望未來有機會看到海內外知名歌手、偶像、樂團的表演，也讓更多人有機會來臺中旅遊。

6-3 臺中知名的看夕陽景點「高美濕地」，我有和朋友去過幾次，當天風很涼，夕陽很美。但排行程時，一定要先到官網確認潮汐時間，滿潮時木棧道會關閉，才不會白跑一趟。另外，高美濕地遊客中心、景觀橋也很值得一遊，喝杯咖啡、來一個蟹鉗泡芙，再到附近的三井 outlet 繼續逛，可以給自己一個歡樂的高美濕地半日遊。

☞ 臺中在地節慶報導

7-1 臺中已與東京、曼谷、首爾並列為亞洲四大爵士音樂節的舉辦城市。每年市民們會攜朋引伴一同坐在勤美綠園道的草坪上，欣賞演出。讓爵士樂進入日常生活，而爵士音樂節也已成為臺中的重大節日之一。請以觀光客的身分發表對這個節日的想法，如果時間許可，你會想參加嗎？Ⅱ

7-2 臺中大甲鎮瀾宮每年農曆三月都會舉辦媽祖遶境出巡，這是世界級的宗教盛事，每年吸引眾多國內外信徒、觀光客前往朝聖。媽祖信仰是臺灣重要的民間信仰，每年遶境信眾追隨著媽祖的腳步，展現臺灣人對媽祖的熱愛，持續傳承媽祖的慈悲精神。你曾經參與過遶境活動嗎？感受如何？如果沒有，你願意參與看看嗎？為什麼？Ⅰ、Ⅱ

底細：參考答案區

7-1 我曾和家人來玩過。建議參加臺中爵士音樂節前，一定要記得攜帶零食、野餐墊！現場會有販賣酒水的攤位，可以不用自備。我覺得不管是不是當地人，有機會一定要體驗這個療癒身心的活動，即使平常沒聽爵士樂的習慣也沒關係，儘管享受當下吧！

7-2 我沒有參加過媽祖遶境活動。但每年在電視上看到新聞時，仍會深感信仰力量的偉大，也覺得這是一個可以安定民心的活動。因為信仰不同，即使有機會我還是不會參與，但始終抱著尊重的心。

短文一

1-3 想要帶一些伴手禮回家給家人，有哪些是沒買到不能算是來過臺中的伴手禮（食品）呢？

5-1 猜猜看何者不是印象中臺中人的標配呢？ A. 棒球棍 B. 慶記 C. 重型機車

5-2 請說說你對臺中人有什麼刻版印象呢？（例如：語助詞、生活習慣……等）

臺中城市印象

　　談起臺中，多數人的第一印象是什麼呢？中港路？逢甲夜市？海邊的消波塊？春水堂的珍珠奶茶？還是搞不清楚哪家才是最老招牌的名產太陽餅呢？我想，每個人或多或少都有自己對臺中的一些城市印象吧！

　　在我眼中，臺中是一個既熱情又冷漠，說它有趣也無聊的城市。表面上看來，臺中雖然不像臺北飛快的生活步調，卻同樣有著大都市特有的疏離感。雖然臺中有不少好玩的景點，也有很多好吃的東西，然而，去過幾次之後，我卻不再有第一次到訪時的興致，甚至還經常聽到黑道很多、交通混亂之類的負面評價。

　　話說回來，就像家家有本難念的經，臺中雖然不是一個完美的城市，仍然有它獨特的優點和可取之處。相較於南部與北部的城市，臺中是一個中庸的存在：氣候適宜居住，消費合理，買房也不至於貴到像臺北、新北那樣讓人喘不過氣；而日常娛樂場所雖不及臺北多元，但比起南部城市，還是有很多地方可以去。

　　透過「臺中大哉問」的自問自答方式，能檢測出自己對臺中的了解程度，而在設計問題，思考答案的同時，也能觸發一些平常沒注意到的細節，甚至激發更多想了解臺中的欲望。以上，就是我對這座城市的印象，不管你是本地人、外地人、曾經在這生活過後來離開的人，或是無意間漂流到此，最後決定落腳生根的人，還是歡迎你一起來認識臺中！

短文二

5-1 猜猜看何者不是印象中臺中人的標配呢？ A. 棒球棍 B. 慶記 C. 重型機車

1-1 臺中有個知名的特產——東泉辣椒醬，你知道臺中人吃什麼會配它呢？你曾經吃過嗎？如果有，你覺得味道如何呢？如果沒有，你會想試試看嗎？為什麼？

1-3 想要帶一些伴手禮給家人，有哪些是沒買到不能算是來過臺中的伴手禮（食品）呢？

1-2 宮原眼科曾經是日治時代臺中規模最大的眼科診所，後來變成臺中衛生院，而現今改為販售糕點、飲料、甜品的精緻商業空間。你有去朝聖嗎？如果有，有什麼回憶呢？如果沒有，你會想去造訪看看嗎？為什麼？

臺中神推薦

說到對臺中人的印象，想必會有許多人在腦海中第一瞬間想到的是：臺中人很兇，或是臺中人必備槍械或棒球棍等等的負面形象，但是，為什麼大家會對臺中人有這種印象呢？

我想，這是因為臺中市過去槍擊案頻傳，有人曾在 PTT 發問「臺中夜晚有什麼東西好吃？」網友紛紛強力推薦——吃過「慶記」的人，都好吃到說不出話來，好吃到升天了，甚至誇張地說，「只要在路上按三下喇叭，再比中指就可以吃到『慶記』，絕對比『得來速』還方便」。其實，「慶記」是「子彈」的臺語諧音，儘管這是網友略帶諷刺的發言，不僅當時被熱烈討論，「慶記」之說還流傳至今，於是現在大家都知道臺中被戲稱「子彈吃到飽」，而「棒球棍」同樣也是因為臺中不斷出現棒球棍打人事件所導致。

而另一個臺中知名的傳聞，則是臺中特產——東泉辣椒醬。東泉辣椒醬號稱臺中庶民神醬，傳聞吃什麼都要沾，已經到了無醬不歡的地步。傳統臺中人的早餐就是來盤炒麵，再豪邁地淋上「一大片」東泉辣椒醬，最後再來碗豬血湯，才叫淋漓痛快。還有一個從東泉辣椒醬衍生而來的奇特傳說，那就是直接將東泉辣椒醬插入水煎包擠醬料，據說是人間美味，雖然此舉因衛生問題被議論不休，但的確成為臺中獨有的飲食習慣。

最後來討論一下臺中觀光產業。一般人提到臺中的伴手禮，其中一項絕對會是太陽餅；這是源起於臺中市神岡區社口一帶，林家崑派的麥芽餅，後

因太陽餅名稱並未註冊商標，以致後來同業的店家皆可使用此名，進而壯大了太陽餅的名氣和聲勢。另外，同樣為知名臺中觀光景點的宮原眼科，其實一開始確實是眼科，還曾是日治時期臺中規模最大的眼科診所，後來改為臺中衛生院，但隨著時代的物換星移，老舊沒落的衛生院逐漸成了危樓，更在九二一大地震中變成雜草叢生的廢墟。最後，日出乳酪蛋糕買下此建築，進行全面改建，除了保留部分外觀和騎樓外，又重新使用「宮原眼科」的名號，改為糕點、飲料、冰淇淋與巧克力的專賣店，現在是人氣打卡的重要地景。

　　以上是我對臺中的「神」推薦，也許對你而言，臺中還有更多值得推薦的地方，就等待你來發現了！

希望你更好

短文一

　　哈囉！你是喜歡還是不怎麼喜歡臺中呢？請記得寫作立場不要產生矛盾喔（第二段怪怪的）！還有，提問是為了寫文章，但這篇短文無法呈現「臺中大哉問」的原貌，建議最後一段可以補些漏網的鏡頭，說一些你對臺中的深刻感受，會比較吸引人喔！

短文二

　　感謝你的「神」推薦，確實讓人對臺中印象深刻。不過，治安和美食似乎搭不太起來，而且先說了「慶記」，會不會讓觀光客不敢來臺中呢？建議可以聚焦在美食的介紹就好，集中火力談醬料的口味，以及太陽餅、鳳梨酥的外形、口感，會讓人對臺中的印象更美好！

寫作見習區

浯島走讀之旅

張如意

主題說明

　　你有獨自到離島旅行的經驗嗎？讓我們顛覆以往透過網路與教科書的靜態閱讀模式，改由動態的走讀，重新認識又名「浯島」的金門。本主題將透過與金門相關的提問，除了推薦你遊樂的景點（得月樓、山后民俗文化村、翟山坑道……）、好吃的美食（石蚵麵線、蚵嗲、鹹粿炸……）外，在親自踏訪的過程中，你將會從緊繃的課業壓力或生活中獲得舒緩與放鬆，也能夠在尋求問題答案的過程裡，了解金門這一塊既熟悉又陌生的土地。

　　首先，以大眾普遍對金門的印象作為切入點，邀請你來遊歷金門。我們先以戰地歷史與人文故事作為問題的背景，提供初步認識金門的指南，緊接著帶出傳統閩式建築與美食的特色，引發你的好奇心。在歲月的沖刷下，戰地歷史為金門蒙上一層神祕的面紗，而過去的軍事地點與部分設施現今已成為觀光景點，可以為你「揭紗」解密。遊歷在過去與現代時空之間，你不只會對坑道的鬼斧神工感到驚奇，結合現代藝術音樂所發展出的坑道音樂節，更增添浯島的浪漫情懷。

　　四面環海的金門，沙岸潮間帶擁有豐富的自然生態，在早期資訊不流通的年代裡，發展出許多新奇有趣的習俗和傳說，還可由此看出當地人的單純和質樸。最後，請將遊訪的心得與感想記錄下來，作為這趟旅程的回顧與省思，發揮最大的走讀意義。

問題引導

☞ 印象篇——印象中的陌生土地

1-1 你聽過金門嗎？你對金門的印象是什麼？請描述一下。Ⅰ

1-2 如果有機會到金門旅遊，你會自己去，還是與親友一同前往？為什麼？Ⅱ

底細：參考答案區

1-1 我對金門的印象有古寧頭戰役、高粱酒、貢糖、菜刀……等。

1-2 我較喜歡與親友一同前往，因為能夠彼此幫忙拍攝好看的照片，而且與重要的人出遊，旅途中的歡聲笑語，會讓簡單的景點變得有趣許多。

☞ 歷史人文篇——風獅爺、洋樓的故事

2-1 金門是風獅爺的故鄉，每座風獅爺的外貌都不盡相同，從目前已經找到的風獅爺中，你發現他們有哪些不同呢？ I

2-2 得月樓是早期金門水頭聚落最高的洋樓，其名稱是由「近水樓臺先得月」一句命名而來，你認為被閩式文化籠罩的金門，為何在當時會出現西方建築的洋樓呢？ II

2-3 對於早期金門人經歷「落番」至南洋的艱辛歷史，衣錦還鄉後建造洋樓，你有什麼看法？ II

底細：參考答案區

2-1 他們的衣著、手持的物品都不一樣，有些拿著葫蘆、有些拿著玉飾。

2-2 這是因為早期的金門人落番至南洋，在南洋一帶辛苦工作，衣錦還鄉後也將南洋的建築技術帶回金門。

2-3 為求生計，對外尋求另一條謀生之路，雖然艱辛危險，但這份堅持與刻苦耐勞值得為後世子孫的榜樣。

☞ 傳統建築篇——閩式建築的奧妙

3-1 山后民俗文化村是由一間間傳統閩式建築整齊排列而形成的聚落，你有發現它的屋脊和一般的透天厝有什麼不同嗎？ I

3-2 請發揮想像力，你認為金門傳統閩式建築的屋脊像什麼呢？試著將它們的模樣畫下來吧！ I

底細：參考答案區

3-1 金門傳統閩式建築的屋脊有馬背和燕尾之分，因為形狀與馬的背以及燕子的尾巴神似，故以此命名。

3-2 駱駝的駝峰和燕尾服的衣襬。

☞ 美食篇──金門在地美食推薦

4-1 蚵嗲是到金門絕對不能錯過的石蚵美食，請想像你是一顆石蚵，從小在金門生長的你，一生將會有何發展呢？Ⅲ

4-2 你覺得金門的石蚵麵線有什麼特別之處嗎？與你想像中的口感有何不同？Ⅰ、Ⅱ

4-3 金門的土地貧瘠，以小麥作為主食，因此小麥和石蚵對早期金門居民相當重要，才有了石蚵小麥節的誕生。你有參與節慶的那些活動嗎？有什麼收穫？Ⅰ、Ⅱ

底細：參考答案區

4-1 如果我是一顆在金門出生的石蚵，我會快樂的成長，每天吃好多的微生物，偶爾有一些塑膠袋、寶特瓶卡在身上，但立志成為餐桌上的一道美食。

4-2 金門的石蚵採取放養的方式，在味道上特別鮮甜。

4-3 在剝蚵比賽活動中，除了品嘗到鮮甜的石蚵外，也從中感受蚵民的辛苦。看起來只有一點點的石蚵，卻要耗費很多時間和精力去處理，才能成為一道美食。

5-1 鹹粿炸是一道金門的傳統美食，主要材料有米、芋頭絲、鹽、胡椒等等，你認為在味道及口感上，與形似的蘿蔔糕有何不同？Ⅰ

5-2 滿煎糕是金門的傳統點心之一，是將麵粉、糖、水拌成麵糊，倒在圓形煎盤上烘烤至焦黃，之後包入花生或紅豆內餡，與鬆餅的口感相比，你比較喜歡哪一種？為什麼？Ⅰ、Ⅱ

5-3 金門的廣東粥內看不見米粒，這與你平常吃的廣東粥有何不同？你喜歡這樣的差異嗎？可以描述一下它的口感嗎？Ⅰ、Ⅱ

5-4 傳統閩式燒餅是金門當地人喜愛的早點之一，無論鹹甜口味，嚐起來都別有風味，你比較喜歡哪一種口味？請寫下你的感受。Ⅰ

底細：參考答案區

5-1 一開始以為是蘿蔔糕，老闆解釋後才知道原來是炸鹹糕，吃起來外酥內嫩，店家獨門的特製醬料酸甜中帶著一點辣，其中還有淡淡的芋頭香氣，實在非常特別。

5-2 滿煎糕吃起來的口感軟軟的，很像較厚的銅鑼燒皮，與鬆餅酥軟的餅皮很不相同。我最喜歡花生內餡的口味，奢華的花生碎粒都包在裡面，讓人有滿滿的幸福感。

5-3 金門的廣東粥內看不見米粒，是將米粒煮到熟爛，融合在湯中，而胡椒粉是靈魂之筆，讓廣東粥吃起來除了有配料的甘甜外，還帶有一點辛辣香氣。

5-4 閩式燒餅的餅皮吃起來酥酥脆脆的，鹹的內餡有肉末、蔥等等，而我最喜歡的是甜燒餅，咬開裡面是空心的，但底層有厚厚一層的酥脆糖漿，和表皮的芝麻香融為一體，簡直是人間美味。

☞ 景點篇──自然風光與歷史的碰撞

6-1 在遊訪金門最長的坑道──翟山坑道後，你有什麼特別的感受？ II

6-2 翟山坑道音樂節的樂手們在漂流的木筏上演奏，悠揚樂音在坑道的回音中繞樑三日，請想像陶醉其中的你，當下的心情會是如何呢？ II

6-3 金門大橋連接了大金門與烈嶼鄉，是臺灣第一座深海域的跨海大橋，行經時看見大橋周遭的景緻，你有什麼感受？ II

底細：參考答案區

6-1 體驗到坑道內的潮濕悶熱，也感受到坑道內的雄偉視野。

6-2 在從前的軍事要地欣賞浪漫的樂曲，別有一番風味。

6-3 橋上的風很大，但能清楚看見海面漂著一層霧氣，放眼望去是一整片遼闊的海面，令人心曠神怡。

7-1 你認為去中山林遊玩適合單車慢行，還是漫步遊觀的方式？為什麼？ Ⅱ

7-2 在中山林與大自然親密接觸時，你當下的心情是如何？ Ⅱ

7-3 蔣經國先生紀念館位於中山林裡，參訪時你有發現蔣先生的床上沒有放枕頭嗎？你認為是什麼原因？Ⅰ、Ⅱ

7-4 在慈湖海堤欣賞了夕陽落日與廈門美景，你最喜歡的是哪一幕呢？試著將這一刻的美好記錄下來吧！Ⅰ、Ⅱ

底細：參考答案區

7-1 以騎單車的方式穿梭在中山林中，更加感受到陽光與樹蔭的穿插交錯之感，慢踩著單車，也能因為風的吹拂，格外沁涼舒暢。

7-2 能被大自然包圍，整個人都有閒適放鬆的感覺。

7-3 我一開始沒有注意到，是解說員解說才注意到這件事，床上沒有放枕頭，是因為經國先生認為建設基業尚未完成，無法高枕無憂。

7-4 海浪拍打著岸邊的石頭，濺起白茫茫的浪花，而在海浪規律的拍打聲中，激起一陣陣洶湧的波濤。當海風輕輕襲來，火紅的夕陽漸漸沉入海底，把海面映成一片橘紅，而遠處一棟棟的高樓大廈也被籠罩在其中。

☞ 海洋篇──環海島嶼的海洋面貌

8-1 建功嶼為一座潮汐小島，退潮時會有一條石頭小路，漲潮時海水會將其淹沒，使其與金門本島隔絕，觀察到這樣的特性，你知道早期的建功嶼有何作用嗎？Ⅱ

8-2 走在通往建功嶼的石頭小路上，你發現哪些潮間帶生物？試著將牠們的模樣畫下來吧！Ⅰ

8-3 在金門海邊的潮間帶，你有發現什麼特別的生物，或是發生什麼有趣的事嗎？Ⅰ

8-4 金門潮間帶常見的活化石──鱟，為何會有「夫妻魚」的稱號呢？Ⅱ

8-5 金門有一個關於鱟的習俗，凡是抓到單隻的鱟必須放生，否則將會招來厄運，破壞自己的姻緣，對此傳聞，你有什麼看法？Ⅱ

8-1 早期的建功嶼是關痲瘋病人的地方，將病人與金門本島隔絕，可以避免傳染病的快
　　速傳播。

8-2 發現寄居蟹、小魚、彈塗魚……等等。

8-3 發現小隻的鱟，還有一些鱟蛻下來的透明外殼。

8-4 因為牠們都是成雙成對的出現，很像是一對對的伴侶。

8-5 我覺得傳聞很有趣。既然鱟有夫妻魚之稱，可以和另一半一同尋找鱟蛻去的外殼，
　　以作為愛情長久的象徵。

☞ 感想篇──心得與重遊

9-1 來到金門，你首先想品嚐的當地美食，或是最想前往的景點為何？理由是什麼？Ⅰ、Ⅱ

9-2 你是獨行還是與親友一同遊賞金門呢？令你印象最深刻的一幕為何？為什麼？Ⅰ、Ⅱ

9-3 你會向親友推薦金門的哪個景點或美食？理由為何？Ⅱ、Ⅲ

9-4 在經過這次的旅遊後，你對於離島金門有新的看法嗎？Ⅲ

9-5 如果未來還有機會，你會願意再到金門旅遊嗎？為什麼？Ⅱ、Ⅲ

底細：參考答案區

9-1 首先去吃了金門的廣東粥和燒餅，因為看到很多部落客都有推薦，果然名不虛傳。

9-2 這次的旅行是和一群國中時的好朋友一同前往，大家一起在慈湖海堤欣賞夕陽美景，那刻彷彿回到國中的青春歲月。

9-3 最推薦的是鹹粿炸，因為是使用傳統燒柴的爐灶，所以帶有一點柴香味，非常特別。

9-4 我對金門有更多的了解，也在走讀的過程中，欣賞到許多自然景觀，以及深刻感受到歷史人文的歲月痕跡。

9-5 我願意再到金門旅遊！在這裡，能夠感受緩慢步調的悠閒生活，平常的壓力獲得緩解，能夠完全地放鬆全身心靈，感受不一樣的風景。

6-1 在遊訪了金門最長的坑道——翟山坑道後，你有什麼特別的感受？

6-2 翟山坑道音樂節的樂手們在漂流的木筏上演奏，悠揚樂音在坑道的回音中繞樑三日，想像陶醉於其中的你，當下的心情會是怎樣呢？

6-3 金門大橋連接了大金門與烈嶼鄉，是臺灣第一座深海域的跨海大橋，行經時看見大橋周遭的景致，你有什麼感受？

7-2 在中山林與大自然親密接觸時，你當下的心情是如何？

7-4 在慈湖海堤欣賞了夕陽落日與廈門美景，你最喜歡的是哪一幕呢？試著將這一刻的美好記錄下來吧！

漫遊浯島

　　從忙碌的生活中抽離，遠離城市的喧囂，踏上這片陌生的土地，這裡的空氣充滿著歷史歲月的戰地氣息。是的，浯島，我來了！

　　首先造訪的翟山坑道，是金門最長的坑道。坑道內有著一股濃烈的海水鹹味，參雜些許的黏膩和霉味，潮氣使得凹凸不平的路面因此沾染了水氣，在凹處匯聚成一個個小水窪。再往更深處走，一道刺眼的陽光照進陰暗的坑道內，走道緊挨著岩石峭壁，另一旁則是深不見底的海水。誰會想到這裡曾經有許多進出的貨船，不斷地在海面掀起一片片白色的浪花，如今卻歸於平靜呢？政府為了避免遊客不慎墜落，試圖用鐵欄杆將走道與水道隔絕開來，但狹窄濕滑的地面，仍不免讓人心生恐懼。水道的另一端緊鄰著岩壁，上頭有著紅色的數字，隨著時光流逝已悄然褪去了顏色，微微露出紅色顏料底下的褐灰岩石。午後漫步於林間，我享受著被樹木花草環繞的自在氛圍，暫且拋卻升學的煩惱，那一刻，宛如從世間脫離而出，耳邊僅存鳥兒的啁啾與樹葉摩擦的沙沙聲。

　　傍晚，車子駛過跨海大橋，強勁的風胡亂地吹著我的髮絲，橋上的霓虹燈光隨著夜幕的垂降，悄然無聲地渲染整座橋面，而海面也漸漸朦朧了起來，遠遠觀看整座橋，就像是一幅色彩斑斕的水彩潑墨畫。車行至海堤，海風吹拂著臉頰，眼前是一片白色細沙與海面連接的畫面，盡頭是高樓林立的繁華土地，在灰茫茫中若隱若現。當橘紅的夕陽灑下，海面波光粼粼，一閃一閃

地宛如夜空的繁星點點，此刻，原來慌亂的內心似乎獲得了沉澱與片刻的寧靜。夜幕將至，坑道內亮起盞盞燈火，樂手們在水道漂流的木筏上演奏，坑道猶如一個天然的音響，悠揚的樂音在偌大的空間裡迴盪，不絕於耳，為這場聽覺饗宴帶來了震撼的衝擊，令人流連忘返，不捨離去。

如果有機會，我還想再來，這美麗的浯島。

希望你更好

雖然知道浯島就是金門，但似乎少了一點說明，否則讀者會誤會是兩個地方喔！整篇文章細節的描繪大致都很用心，在這稍微挑個毛病，樂手當天演奏的樂曲有哪些？樂團成員的服裝、表情、動作，以及演奏的樂器有哪些？觀眾的表情和動作呢？最後一段的收尾有點倉促，也許考慮描寫機場依依不捨的回眸一望，賺幾滴感人的眼淚。

寫作見習區

我要去海邊

湯適瑄

主題說明

你曾經去過海邊嗎？

生長在四面環海的臺灣，應該許多人都有去海邊放鬆心情的經驗吧！請問你現在還能夠清楚地描述對海的印象嗎？讓我們引導你，一起喚醒腦海深處有關於海的記憶吧！

海是一個重要的交通樞紐，也是通往世界的鑰匙，很多產業的發展往往都是從港口開始的。沿海城市的發達造就了便利的社會，而文學家們也透過海——這個獨一無二的題材，創造許多浪漫的作品，不論是電影、小說，都能看見海洋元素被廣泛地運用。大海之所以迷人，在於它的一望無際，也在於不同天氣、時間的千變萬化，人們有時還能從波濤洶湧的海上看見自己心情的投射。因此，對於現代人們來說，去海邊不會只是為了謀生，還有休閒娛樂、運動，以及單純對海訴說心情的浪漫對話。

海水的味道、溫度你仔細感受過嗎？或者，你曾經在海邊踱步，觀察海的潮起潮落，海水顏色的變化嗎？如果靜靜地坐在海邊，你會希望和誰在一起？吃點什麼？或者，想聽什麼音樂呢？

以下，我們將藉由前往海邊的景色，引動被海所刺激的五感，漸漸在腦海中建構一個立體的海洋，接著，透過引導的問題，繼續連結關於大海的其他想像，最後，就可以寫出屬於你個人的故事海囉！

問題引導

☞ **讓我們去看海**

1-1 你喜歡去海邊嗎？如果現在就出發，大概需要花多長的時間呢？Ⅰ

1-2 冬天和夏天的海邊有什麼差別呢？你喜歡哪一個？如果夏天去海邊，你認為
　　必須要攜帶的東西有哪些？（例如相機、泳衣）Ⅰ、Ⅱ

1-3 假設你現在正前往海邊，觀察一下路上景色的變化，並試著描述出來。Ⅰ

1-4 你認為什麼樣的人會想去海邊呢？海對他們有什麼吸引力？Ⅱ、Ⅲ

1-1 我很喜歡去海邊，海邊是我假期放鬆的不二選擇。現在出發前往海邊的話，大約要搭三十分鐘的公車。

1-2 冬天的海邊吹著冷冷的海風，海水大多是深灰色的，除了漁船外，很少人在海邊逗留。夏天的海邊人潮洶湧，豔陽下的海水是藍色的，還有許多色彩鮮豔的攤販。我更喜歡夏天的海邊，因為可以坐在岸邊吃冰淇淋、曬日光浴，夏天去海邊我會帶相機、泳衣、毛巾、防曬乳、太陽眼鏡等曬太陽的必備用品。

1-3 前往海邊的路上，房子會由高樓漸漸變得「矮小」，鄰近海邊的房屋大多只有兩層樓，甚至是平房。路樹也是一樣，從高到低，而海邊的樹大多佝僂著背，這是多年抵擋海風的身型。除此之外，天空的面積也會變大，因為建築和樹都變矮了，可以看見更大面積的藍天。

1-4 我認為是想放鬆心情的人。無論是想渡假，或是生活壓力太大需要紓解，海邊都是一個極佳的選擇，比如站在堤防看廣闊無邊的大海，心情就會逐漸平靜下來，變得放鬆許多。

☞ 近距離的面對海

2-1 你觀察過晴天的海水嗎？請描述一下它的顏色有哪些變化？I

2-2 試著感受海邊的空氣，和平時比起來有什麼不同嗎？試著描述一下。I、Ⅱ

2-3 請脫下鞋子，赤腳走在沙灘上。說說被沙子包覆是什麼感覺？試著寫下來。
   I、Ⅱ

2-4 請閉上眼睛，用你的耳朵傾聽海潮的聲音，試著描述一下海潮聲所帶給你的
   感覺。I、Ⅱ

底細：參考答案區

2-1 接近太陽的位置是波光粼粼的銀色，向沙灘處延伸的是藍綠色和白色的波浪，遠洋
   則是深藍色。海的顏色和天氣、水域的深度息息相關，愈是平靜的深海，顏色愈是
   單一。

2-2 海邊的空氣相對城市裡更加黏稠，還有一股鹹鹹的味道。如果海風吹久了頭髮會變
   得枯澀打結。

2-3 沙子被太陽曬得燙燙的，會緊實的包裹住腳趾的縫隙，如果砂礫中有一些珊瑚石或
   是小貝殼的話，還會感覺到刺刺、痛痛的。走到離海更近的沙灘時，沙子變得鬆軟、
   潮濕，留下的腳印也更加明顯，比走在乾燥的沙子上更舒服。

2-4 海潮的聲音隨著與岸邊的距離而變化，雖然忽大忽小，卻十分穩定，在固定的頻率
   下帶給人紓壓的效果。海潮聲也很像樹梢枝葉被風吹過，沙沙的聲響，可以讓人感
   覺到大自然的同在。

3-1 你喜歡白天蔚藍的海，還是夕照下的海？為什麼？請說明理由。Ⅱ

3-2 你喜歡臺灣北部的海邊，還是南部的海邊？為什麼？請說明原因。Ⅱ

3-3 你曾經在夜裡到過海邊嗎？那是一種怎麼樣的情境？Ⅰ

底細：參考答案區

3-1 我喜歡夕陽西下的海，因為有著許多白天不會看見的色彩。天空會夾雜浪漫的粉紅色和接近夜空的紫色，海水變成濃稠的靛青，映照出一抹夕陽的投影，夕照下的海豐富多變，充滿魅力。

3-2 我喜歡擁有豐富珊瑚礁資源的南部海邊，特別是墾丁。因為有浮潛、衝浪、遊艇等水上活動，可以看見絢麗的珊瑚礁王國，還有各種生物和珊瑚一起共生的精采畫面。

3-3 有。夜裡的海平面上有許多夜行的船隻，閃閃爍爍的漁火，是最美麗的海上夜景。而入夜的海邊沒什麼光害，天空變得格外明亮，滿天星斗的夜空會有無數的眼睛對你眨眨眼。

☞ **海邊的活動**

4-1 你認為在海邊適合吃東西嗎？你認為什麼食物和海邊最搭調？ Ⅱ

4-2 你認為在海邊吃的生魚片和平常有什麼不一樣嗎？你有自己喜歡的生魚片口味嗎？ Ⅱ

4-3 觀光性質的港口通常會販賣哪些東西？有讓你印象深刻的食物嗎？ Ⅰ

4-4 你喜歡平日去海邊，還是假日去海邊呢？原因是什麼？ Ⅱ

底細：參考答案區

4-1 在海邊放鬆的時候很適合一邊吃東西。我喜歡吃冰涼的冰棒，特別是清爽的情人果口味，酸酸甜甜是夏日豔陽下的不二選擇。

4-2 海邊的生魚片大多十分新鮮，店家經常有現切服務，而我特別喜歡吃旗魚生魚片，油脂相對比鮭魚更低，口感綿密且有嚼勁。

4-3 海邊攤販通常會賣風箏、冰淇淋、烤香腸、汽水、烤小卷、拖鞋……等，往往是為了滿足遊客口腹之欲，以及想下水又不想弄髒鞋子的問題。我特別喜歡吃在海邊賣的烤魷魚，鮮美的魷魚配上濃郁的醬汁，再遠都可以聞到香味。

4-4 假日人多的海邊很熱鬧，海水浴場就像下滿餃子的鐵鍋。但我更喜歡平日沒有什麼人的海邊，就算要大聲吶喊，也不會打擾到別人。

5-1 你曾經在海邊搭過船嗎？行駛在海中央是什麼樣的感覺？ Ⅱ

5-2 你參加過什麼海上活動嗎？（例如浮潛、立槳、遊艇、衝浪）說說你的感受。
Ⅱ

5-3 如果不下水，在海邊還有哪些活動可以參加？ Ⅰ

底細：參考答案區

5-1 有。暈船的感覺比暈車更讓人痛苦。四周都是一望無際的海水跟濺起的浪花，若是
　　可以站在甲板上還能看看海上風景，感受海風的親吻。

5-2 我參加過海上划獨木舟，這是從花蓮海邊划向海上，去看日出的活動。面對一望無
　　際的黑色大海和逐漸升起的旭日，讓我十分激動，相當難忘。

5-3 可以曬日光浴，太陽光中的維生素 D，對於保持心情愉悅有很大的幫助，但記得要
　　塗上防曬乳避免曬傷。不下水也可以跟三五好友一起打沙灘排球，在烈日下揮灑汗
　　水。

☞ 關於海的聯想曲

6-1 如果可以撥放音樂，你認為海邊最適合聽什麼類型的歌曲？原因是什麼。Ⅱ

6-2 你聽過有關於海的故事嗎？那是什麼樣的內容，請說明一下。Ⅰ

6-3 你喜歡一個人去海邊，還是跟其他人一起去？請說明原因。Ⅱ

6-4 你知道有些香水會用海洋命名嗎？你有使用過嗎？形容一下大概是什麼樣的味道。Ⅰ

底細：參考答案區

6-1 輕快的旋律都跟大海很適合，我則格外喜歡聽節奏明快的韓國歌，和藍天豔陽下的海邊很適合。

6-2 《海底兩萬里》是我小時候很喜愛的小說，冒險過程精采不斷，也讓我對海底產生更多的幻想。

6-3 我喜歡和家人一起漫步在海灘上，帶著小狗在一旁追逐，度過美好的假日時光。

6-4 大多數以海洋為名的香水都是清爽系列，有的還會添加鼠尾草，更有香草的特殊氣味。

7-1 你喜歡潮水聲作為催眠音樂嗎？那是什麼樣的感覺，請試著說明一下。Ⅱ

7-2 你在海邊看過燈塔嗎？它的作用是什麼？會讓你聯想到什麼？Ⅰ、Ⅲ

7-3 你認為有哪些動物可以代表海洋呢？請舉例，並說明原因。Ⅰ、Ⅱ

7-4 有哪些符號可以象徵海洋呢？（例如貝殼、椰子樹）請舉例，並說明原因。
　　Ⅰ、Ⅱ

底細：參考答案區

7-1 我很喜歡，因為海浪的聲音本身就讓我感到平靜。

7-2 海邊的燈塔負責指引船隻方向，是夜晚最明亮的標誌。燈塔讓我想起母親，無時無
　　刻為家裡著想的人，如同夜間的燈塔一般，回家時，母親如同協助船隻找到方向的
　　燈塔。

7-3 我認為海豚適合代表海洋。聰明的海豚喜歡成群結隊的游泳，一起跳躍到海平面上
　　呼吸，它可愛的模樣，讓我更喜歡親近海洋。

7-4 我認為海浪可以作為象徵海洋的符號，許多繪畫或標誌，都會使用海浪作為海的代
　　表，例如知名的浮世繪，就是以海浪為主要符號。

短文示範

1-1 你喜歡去海邊嗎？如果現在就出發，大概需要花多長的時間呢？

1-4 你認為什麼樣的人會想去海邊呢？海對他們有什麼吸引力？

2-3 請脫下鞋子，赤腳走在沙灘上。説説被沙子包覆是什麼感覺？試著將感受寫下來。

3-1 你喜歡白天蔚藍的海，還是夕照下的海？為什麼？請説明理由。

4-4 你喜歡平日去海邊，還是假日去海邊呢？原因是什麼？

被海治癒的時刻

我很喜歡去海邊，海邊是我假期放鬆的不二選擇。現在出發前往海邊的話，大約要搭三十分鐘的公車。即使路途不算短，我還是經常去海邊。

推薦那些想要放鬆心情的人，無論是想要渡假，還是生活壓力太大需要紓解，海邊都是一個極佳的選擇，你可以站在堤防看看廣闊無邊的大海，心情也會漸漸感到平靜，變得放鬆許多。假日人多的海邊很熱鬧，海水浴場就像下滿餃子的鐵鍋。但我更喜歡平日沒有什麼人的海邊，就算要大聲吶喊，也不會打擾到別人。我也喜歡在夕陽西下的時候在海邊散步，沙子被太陽曬得燙燙的，會緊實的包裹住腳趾的縫隙，如果砂礫中有一些珊瑚石或是小貝殼的話，還會感覺到刺刺、痛痛的。

到離海更近的沙灘時，沙子變得鬆軟、潮濕，留下的腳印也更加明顯，比起乾燥的沙子走起來更舒服。接近潮水間，雪白的浪花會時不時衝上我的腳踝，剛剛行走的腳印也會變成一個個小水坑。夕陽西下的海，有著許多白天不會看見的色彩，天空會夾雜浪漫的粉紅色和接近夜空的紫色，海水變成濃稠的靛青，映照出一抹夕陽的投影，豐富多變，且充滿魅力。待太陽整個沒入海中，天空會充滿各種奇異的色彩，直到整個海邊被黑夜壟罩，只剩下閃耀無比的星空。

入夜的海邊沒什麼光害，天空變得格外明亮，滿天星斗的夜空會有無數的眼睛對你眨眨眼。吹著海風，看遠方的漁船在海平面上成為一道夜景。就可以開心的打道回府，彷彿所有不開心都被海潮洗去了。

希望你更好

　　海邊真是讓人很放鬆的地方，很羨慕你能經常去海邊。不過，在你去過的海邊記憶中，每個海邊都長一樣嗎？期待你能多說一些不同的海邊風景，或是讓你難忘的海邊故事，讓我這個不常去海邊的人可以藉此「體驗」一下。

國外旅行預備起

李瑞婷、陳家如

主題說明

　　你有這種經驗嗎？和朋友之間互問彼此：「等等要吃什麼？」得到的答案通常是：「隨便、看你。」這是一個在日常生活中司空見慣的提問，其實換種問法，例如：「你覺得中午吃牛肉麵怎麼樣？」答案若是否定，會達到去除一個選項的效果，可以使對方的回答更為明確。

　　現代人在工作、家庭或生活上，每個人或多或少都會遇到一些難題或壓力。旅行無疑是作為暫時放下現實，逃往心中「桃花源」的調劑。如此說來，旅行其實跟吃飯一樣重要，是一個貼近日常生活的主題。在這裡，我們想提出幾個疑問，你想要一場怎樣的旅行呢？首先需要知道國外和國內旅行的不同，去異國他鄉，是跳脫舒適圈，接觸不同文化的一種選擇。那麼，你想要去哪裡？為什麼想去那裡？首要的問題解決了，就會發散出更多問題。像是：在旅行前需要做什麼準備？理想的旅程是什麼樣子？希望可以從旅行中獲得什麼？

　　起心動念總是簡單的，通過問題的提出、解答，才能更準確地掌握一趟旅行中必須注意的細節。旅行的提問可以是理性的思考，例如：預算多少？自己所擁有的語言能力？也可以是感性的抉擇，例如：旅行中的風景和美食哪個重要？是什麼樣的動力和想像想前往？這些問題其實都不難，但如果沒問，也就不會有答案。就像要吃什麼，不動腦的一句隨便，就會錯過美食探索的機會。若是一趟旅行，也用敷衍了事的態度面對，就會平白浪費一次美好的假期。

　　補充說明的是，設定「旅行」這個主題，並不是想得到一些深奧，或是極具趣味和探索性的回答；而是透過一個簡單的主題，發現簡單的問題背後其實也能引導出更多的問題，在逐一破解每個問題之後，就可以得到更為完善的答案。這樣的形式皆可套用在任何人、事、物上，當心中產生了一個問

題，就逐漸構築出屬於自己的問題網，如此一來，在未來的自我思考和人際互動間，都能夠有更活躍的思維。所以，讓我們一起喊 1——2——3 預備起！

問題引導

☞ 心之所想

1-1 你曾經有出國的經驗嗎？如果有，是去哪裡？如果沒有，有想去哪個國家
　　嗎？為什麼？I、II

1-2 你會想要怎樣的旅行形式？一個人？朋友？家人？為什麼？II

1-3 你覺得一場完美的旅行至少應該安排多少時間？請說明原因。II

底細：參考答案區

1-1 A. 有，去過香港。

　　B. 沒有，想去泰國，因其宗教建築極具特色，且給人的印象是熱情繽紛的。

1-2 我更偏好一個人旅行，因為較為自由，不必配合別人，所有行程都可以隨心所欲。

1-3 兩個禮拜左右。想待在那裡久一點，可以規畫更豐富的行程好好體驗異地風光、放
　　鬆一下。

2-1 你知道旅行的預算如何訂定嗎？你的預算大概是多少？Ⅰ

2-2 旅行中在當地交到朋友的機會高嗎？這是你的期望或目標嗎？Ⅱ

2-3 打工換宿是一種既可以省錢，也可以利用空閒時間旅遊的選擇，你會考慮這
　　種形式嗎？你身邊有沒有人有打工換宿的經驗呢？請分享一下。Ⅱ

底細：參考答案區

2-1 我知道旅行前需要辦護照、訂機票、訂飯店等等，這些都包含在預算之內。兩週以
　　上的旅行，大概會需要花 6 萬至 10 萬臺幣左右。

2-2 我覺得在當地交到朋友的機會不高，但我會嘗試和當地人交流，至於能不能成為朋
　　友，也要視情況而定。

2-3 會考慮。因為打工換宿可以更容易認識當地人，也可以更快地融入那個國家的人文
　　環境，甚至還可以省下一部分住宿費。
　　有。我有朋友去過澳洲採櫻桃，感覺滿快樂的，環境跟這裡完全不一樣，他還賺了
　　不少錢。

☞ 技之所長與用

3-1 你的母語是什麼？除了母語之外，你還會哪些外語？ I

3-2 你覺得語言的好壞會不會影響旅行的品質？有過什麼樣的經驗嗎？ I

☞ 性格與習慣

4-1 你覺得自己是偏好事先規畫，還是說走就走，隨心情而定的旅行者？I1

4-2 你的飲食習慣如何呢？可以入境隨俗，體驗當地的特殊美食嗎？Ⅰ、Ⅱ

4-3 在旅行過程中，食物或景點你比較注重哪個？原因為何？Ⅱ

底細：參考答案區

4-1 我會事先規畫，希望可以每個景點都能到訪。但我也喜歡說走就走，可能到飯店再查，或問當地人哪裡好玩再去。

4-2 我不吃辣，喜歡鹹食大於甜食。我覺得是可以入境隨俗的，畢竟都出去旅行了，多嘗試總是好的。

4-3 我比較注重食物，因為平常就很喜歡到處探店尋找美食。到國外旅行，食物的選擇應該更多元，嚐鮮，也許是個很有趣的體驗。

5-1 對一個旅行者來說，住宿品質（例如環境、設備、服務或是交通）是重要的嗎？為什麼？ Ⅱ

5-2 航空公司、價格、行李限制、意外保險、時段、座位、飲食⋯⋯等條件，會是你購買機票時考慮的因素嗎？ I

5-3 你覺得深度旅遊的標準是什麼？它和走馬看花的形式有什麼不同？ I

5-4 你覺得旅行需要購買伴手禮送給親友嗎？這對你會是一種負擔嗎？ Ⅱ

底細：參考答案區

5-1 非常重要，因為是休息的地方，如果住宿品質非常糟糕的話，心情會很不好，我覺得附近的交通也很重要，如果太偏僻的話，旅行會變得很疲憊。

5-2 會，我會考慮飛機的時段還有行李限制，因為喜歡到達的時間是早上，加上可能會買很多東西，所以會考慮這些。

5-3 我覺得深度旅遊應該要事先做功課，並且跟著當地的嚮導探索當地祕境及美食。走馬看花更便利，像是只去有名的觀光景點，單純為了拍照打卡而去的。

5-4 我覺得不用買伴手禮，因為感覺一送就要送很多人。也可能做不好人情，還壞了旅行心情，最後反倒成為壓力。

☞ 意外及處理

6-1 你曾經在旅行中遭遇麻煩嗎？那是怎樣的經驗？你是怎麼處理的？ I

6-2 現代人幾乎人手一機，如果不帶手機出門，你覺得會對旅行造成影響嗎？
　　Ⅲ

底細：參考答案區

6-1 旅行中我沒有遭遇過麻煩，但有聽朋友說過，他曾經在國外被偷東西，當時只能透過簡單的英文跟當地人努力溝通，總算成功報警。

6-2 會，我覺得如果不帶手機旅遊，會使整趟旅行更為困難，例如找不到人問路，也沒有導航可以使用。不過，不帶手機旅遊，也許會更專心旅行，完全不受外界干擾。

☞ 旅行的意義

7 你想在一場異鄉之旅中收穫什麼？除了文字敘述，也可以簡單畫個圖。Ⅲ

短文一

1-1 你曾經有出國的經驗嗎？如果有，是去哪裡？如果沒有，有想去哪個國家嗎？為什麼？

1-2 你會想要怎樣的旅行形式？一個人？朋友？或家人？為什麼？

4-1 你覺得自己是偏好事先規畫，還是說走就走，隨心情而定的旅行者？

4-3 在旅行過程中，食物或景點你比較注重哪個？原因為何？

7 你想在一場異鄉之旅中收穫什麼？除了文字敘述，也可以簡單畫個圖。

香港旅行，我是異鄉人

　　出國是令人激動的，坐在飛機上，我是腳踩整座城市的巨人，落了地，又變成了人群中的一個異鄉人。

　　我曾經有過一次香港之旅，盛夏獨自走在陌生的街道，有港、普、粵語夾雜的環境音響，看見形形色色的外國人，眼前的「叮叮車」穿梭在琳瑯滿目的招牌之間，入夜的晚風不似臺灣潮濕悶熱。這座繁華的城市，有自己獨屬的味道。

　　這場獨旅的起始點，是過於忙碌的生活，讓我有一種迫切想逃離的欲望，這樣的念頭使我想到了鄰近的香港——這座城市的風光讓我產生期待與遐想。於是，我打開電腦，搜索將去的目的地，卻發現想吃的東西實在太多，想去的地方也不計其數，待確定好假期，就把事先查好的資訊整理起來，旅行的「內容」逐漸有了眉目。行前規畫告一段落，不由得讓人驚歎，網際網路帶來的便利，使得旅行並非是一場「無準備之仗」。

　　然而，計畫總是趕不上變化的，真正去到香港時，有些計畫好的行程全被美食給擱置了。對我來說，美食大過天，炎熱的夏季，夾在人龍中排隊，每前進幾步，時間也隨之流逝，只有飄過來的食物香氣把我「釘」住，讓人甘之如飴為它灑下汗珠。隊伍旁邊是老字號沙茶麵的濃郁湯頭味；而隔壁蛋塔店剛出爐新點心，芳香四溢；還有不遠處的絲襪奶茶，甜膩引人的氣息彷彿就在鼻尖打轉。於是，有些景點沒法去，只能帶著滿足的肚腹去享受夜晚維多利亞港的海風。

臺灣和香港確實大不相同，每當覺得轉角偶遇的老爺爺老太太應當說得一口流利的閩南話時，就被擦肩而過，那咒語般的粵語給打回現實。在香港的每一天，我去了不同的早茶店，對蛋餅、大冰奶的早餐店完全沒興趣。那時，我深刻的認知到，文化風貌有各自美麗的一面，我跨出了臺灣島，有了一次放鬆的假期，更看見了不同的風景。

短文二

1-1 你曾經有出國的經驗嗎？如果有，是去哪裡？如果沒有，有想去哪個國家嗎？為什麼？

2-1 你知道旅行的預算如何訂定嗎？你的預算大概是多少？

4-1 你覺得自己是偏好事先規畫，還是說走就走，隨心情而定的旅行者？

4-3 在旅行過程中，食物或景點你比較注重哪個？原因為何？

5-4 你覺得旅行需要購買伴手禮送給親友嗎？這對你會是一種負擔嗎？

我的虛擬旅行

「在繁忙的現代社會中，人人每天頂著壓力生活，此時突然來了一個長假，你除了想休息，還想做什麼來消解平日壓力呢？來場出國的旅行吧！跳脫工作環境，好好享受新的視野與渡假的快樂，規畫一場屬於你的旅行。」走在路上，突然看見海報上的文字，出國的念頭就這樣被拉了出來。

因為模擬考成績還不錯，我向父母「請」了為期一週的單飛假期，由於沒有出國的經驗，心情是極其興奮的。我在腦中盤算，心中浮現了好幾個國家的畫面，再想想每個國家吸引我的地方，有的是因為美景，有的是因為美食，有的是因為文化，由於只能選擇一個國家，思考過程中，我絞盡腦汁，最終選擇泰國，因為對佛教建築深感興趣，決定親眼目睹。

決定好了旅行地，接下來必須做一些事先準備，其中包括旅行的預算，護照辦理、機票錢、住宿費用、預估的餐費……等，這些費用加起來大約三萬元左右，我覺得足以支付一個禮拜的旅行。我是一個做事喜歡進行規畫的人，若沒有規畫，便會覺得心慌，所以規畫行程是絕對必要的事。我想，此行會以景點為主去規畫整趟旅程，加上我非常喜歡拍照，希望能用相機拍出

宏偉的佛教建築，印證書上的介紹，加上景點附近的美食一定不少，那一定是個美好的旅行。

　　不過，出發前我總會煩惱一件事，那就是有關於伴手禮的購買。因第一次出國，我相當興奮，親友幾乎都已經得知這個消息，而他們除了給我一些建議外，總對我投射需要禮物的眼神。說實話，我不是很想買那麼多的伴手禮，加上旅費有限，我可不想把錢都貢獻在這上面。最終，我決定只買禮物給自己，如此一來，可以擺脫親友的負擔，盡情享受一場沒有人情壓力的旅行。

　　「扣！扣！扣！今天不是模擬考？你快遲到啦！」什麼！原來剛才只是一場虛擬實境，泰國，暫時先不去了！

希望你更好

短文一
　　香港離臺灣很近，確實是第一次出國不錯的選擇。只是，你說「計畫趕不上變化」，看來吃美食和美景，你更在意美食的口腹之欲。不過，在你的計畫中，原先打算去看哪些美景呢？即使最後沒有成行，難道沒有一絲絲的遺憾？建議可以把當初規畫去的地方稍微提一提，做為下一次旅行的口袋名單，也讓讀者參考一下。

短文二
　　哈哈，看到最後才知道是一場夢，否則高中生就可以一個人去泰國，你的父母也太開放了！話說回來，我覺得你的行前準備還是不錯的，只是佛教建築的特色是什麼？具體的景點在哪裡？泰國美食有哪些？最好還是「明白」提一下比較好，畢竟想像能有具體的描述會容易說服人喔！

第三編　E 世代妙想

借風擁抱的人

林官翔、游富如

主題說明

「風輕輕地走帶走了念想，希望它能抵達所想之人的身邊，代替自己去擁抱他」這是本主題的中心思想，題目命為〈借風擁抱的人〉。作品中充斥著人與人之間的念想，將不同類型的思念對象分成三類，分別是：情愛、離別、死亡。這三者遇到的問題（距離、隔閡……等）不盡相同，卻是多數人都會遇到的人生際遇。

因為「觸摸不到的風與觸摸不到的人相互交織」這種感性的態度能讓人活得更加透徹，所以可以輕鬆的撰寫作品，不需要從科學的角度出發。比如，你能想像「他」的頭髮被風輕輕撩起時的反應，也能想像「他」被風團團簇擁著的樣子，但卻無法讓他真實地依偎在你懷中，而這也是思念者經常深陷的困窘。

人的一生難免會遭遇各式各樣的離別，有些離別還有再相見的機會，但愛可能會變質、會轉移，甚至會被距離所阻隔，最後也許還走到愛而不得的地步。然而，不變的是，只要有人還守著曾經共有的記憶，那麼，天天從身邊流經的風，便可能是從某人支取的擁抱。只要願意善以待人，無論是出於愧疚、愛還是思念，那些記憶便會捎一陣風，給予落魄時的你，一個溫暖的擁抱。

所謂「韶華易逝，紅顏易老，浮華落盡，平淡歸真」唯有好好生活，珍視彼此、疼惜自己，才是對那些想要借風擁抱你的人，最好的回報方式。

問題引導

☞ 風的性質

1-1 你喜歡（或不喜歡）風嗎？風對你的意義是什麼？你知道風有非實體性*的特質嗎？Ⅰ、Ⅱ

1-2 你認為實際的擁抱和非實體性的擁抱，哪種更能夠表達情感？ Ⅱ

底細：參考答案區

1-1 我是喜歡風的，這源自於風帶給我的意義，而意義參雜著風的非實體性。風的意義在我看來有兩個，其一是「它是不能被觸摸只能用感受的」例如：我既能感受到它的輕柔、粗暴，也可以感受到它的溫暖或寒冷；其二是「它可以抵達我所無法到達的地方」像是：天涯海角、陰陽兩隔，也像是「他」的身邊。

1-2 實際的擁抱可以有很多含義，他可以是源於喜歡、源於愛的擁抱，也可以是見面時普通的寒暄，和非真誠地想要擁抱眼前這個人，一種出於禮貌式的擁抱；而非實體的擁抱，也就是本主題想表達的：借風而來的擁抱，這樣的擁抱雖然出於想像，但卻可能是出自於真心，真心希望對方能感受到這份心意的擁抱，所以我認為非實體的擁抱更具情感。

---

* 「非實體性」指看不見、摸不著的東西。

☞ 與情愛有關的念想

2-1 在男女關係中，你認為不被愛的人還會有其他愛的來源嗎？他仍然擁有被擁抱的權利嗎？ Ⅱ

2-2 你怎麼看待「我將真心向明月，奈何明月照溝渠」這段話和這樣的關係呢？請分享。Ⅱ

2-3 你認為在情感關係中一廂情願，遲遲不肯放棄的人值得嘉許嗎？為什麼？請說明原因。Ⅱ

2-1 我認為世界上很少有不被愛的人，重點是不被誰愛，人們往往只會在乎自己愛的人是否也同樣愛著自己，也就是男女之間的那種愛。但不論是否被愛人所愛，我都認為不被愛的人同樣擁有著被擁抱的權利，這不只是因為我認為擁抱就像風一樣，風會平等的對待每一個人，也因為人不是只會因為男女之情才去擁抱一個人，而這世上不存在、不被任何靈魂掛念的人，即使是「自愛」也是一種愛。

2-2 這句話的背景是愛而不得的三角關係，我認為這樣的關係不具有標準答案，只要不涉及爭奪，不能要求我對明月不應該有愛，也不能強求明月對溝渠不該有愛，只需要明確彼此的關係就行了。

2-3 若明知道自己一廂情願，仍舊不肯放棄的話，對你愛的那個人來說，算得上糾纏，也算得上是一種困擾。深情或許算得上是一件好事，但既知是單方面的糾纏，也已經造成他人的困擾，卻仍舊堅持己見，那就不值得嘉許了。

3-1 兩個相愛的人分隔兩地，要如何維繫感情？ Π

3-2 沈從文曾說過：「從前車馬很慢，書信很遠，一生只夠愛一個人」認為通訊問題會對愛情產生影響，你認為遠距離的戀愛需要頻繁聯繫嗎？為什麼？ Π

3-1 在現在科技發達的時代，我們可以用手機的通訊軟體相互聯絡、相互撥打彼此的電話，也可以用方便又迅捷的交通方式往來兩地，相比於資訊流通較慢的古代，現代能擁有許多不同的方式維繫感情。

3-2 首先，我想先提出一個觀點反駁沈從文所說的「一生只夠愛一個人」。雖然在資訊流通較慢的古代，一生中遇到的總人數確實是相對於今日要少得多，但這並不代表古代的人不存在移情別戀的情況，甚至相對於今日，古代還擁有著一夫多妻的「合理性」。舉一個古代因遠距移情別戀最經典的「陳世美」故事為例：陳世美在去京城前深受妻子的照顧，妻子甚至省吃儉用供陳世美讀書考試，結果陳世美功成名就後，對前來京城找他的妻子趕盡殺絕，故我認為，人渣不渣和通訊的進步，並沒有這麼直接的聯繫，而是和人品比較有直接的關係。

再者，我認為遠距的兩人不經常聯絡有好有壞，好的地方是爭吵不會過於頻繁，只要心裡能長存彼此，約好一個日子見面，平日便只會記得彼此的好。所謂「小別勝新婚」、「距離美感」，會更加珍惜短暫相處的時光。但這需要品格與彼此之間的愛去抵禦外面的誘惑，否則，感情變質的可能性極高；壞的地方就是會有更多的時間、縫隙和機會，足以讓他人插足，而且，遠距重聚後，是否能成就美好的結局也有待商榷，因為生活環境能潛移默化一個人的性格，也許你等了這麼久的人，和你的印象、感受已變得不同，關係漸行漸遠，累積久了，感情就生變了。

綜合以上所述，在好壞相比之下，我認為遠距的兩人若不頻繁聯繫的話，遇到的問題和爆發後的結果，都比頻繁聯繫來得嚴重。所以，我認為遠距的兩人還是要能頻繁聯繫比較好。

4-1 在遠方的他，有一位感情甚好的異性閨密，你會如何看待他們的關係？會採取什麼行動嗎？ II

4-2 你認為談一場遠距離的戀愛，會成為生活的壓力來源嗎？ III

底細：參考答案區

4-1 我認為這件事需要先看照顧我另一半的人，我是否認識而定。並且，要看他們是什麼樣的關係，如果只是朋友，彼此也沒有曖昧的氛圍，就可以接受他在我和另一半遠距的情況下，替我多照顧一下「他」。但如果存在其他意圖，我會希望我的另一半儘量少與他接觸，我也會在能做到的範圍內，照顧好我的「他」，並且我會希望，若是那個人還有其他行動的時候，另一半要主動告知我。

4-2 我認為遠距的戀愛對於男生來說壓力會大一些，不知道是否與男女的戀愛心理不同有關。大部分的影視作品中，男生出軌，或是追求新鮮感的比例，男生就是比女生高一些。所以，在遠距這樣的大幅空間與大量時間不在彼此身邊的情況下，難免會讓一些在愛情裡面沒什麼安全感的女孩子，變得相對敏感，所以男生才會覺得遠距的戀愛壓力，大到能成為生活中的重大壓力來源。但因為我是女生，所以我不認為遠距的戀愛會成為我生活的壓力來源。

5 談戀愛時，你會主動表達自己的想念嗎？那是什麼方式？請分享。Ⅰ、Ⅱ

5 這是因為主動表達者未必會被珍視，大部分的人得到後，都不太懂得要珍惜，更何況
　另一半還是在關係中時常表達想念的人，這類人經常會被認為是黏人、無法自主、沒
　有自我社交圈的人。雖然我說我更欣賞不主動的人，但不代表主動不好，因為主動才
　是最直接表達愛意的方式。而我主動表達想念的方式很簡單，就是在久久沒見面後的
　第一時間去擁抱「他」，並對他說聲「我想你了」。

☞ **離別的思念**

6-1 你有過離開家，獨自在外生活的經驗嗎？請分享。如果沒有，也請試著想像一下。I、Ⅲ

6-2 你有獨自一人去旅行的經驗嗎？請分享。如果沒有，也請試著想像一下。I、Ⅲ

底細：參考答案區

6-1 對我來說，離開家就等於要和社會慢慢靠攏，獨自在外和求學反而沒有一般人想像的如此艱難；相反地，透過一個人獨處的時間，可以讓自己的心靈更加沉澱。現代社會的資訊流通過於快速，常讓我們忘了要在這水泥叢林中慢下腳步，好好聆聽內心的聲音。

所以，我認為，一個人獨自在外工作與求學，其實就是向更加社會化的自己邁進一步。

6-2 我沒有獨自一人在外旅行的經驗。如果可以的話，我想去到世界的每一個角落，在那裡和不同的人交流，吃遍每一種奇特的料理。我想，一個人旅行的意義更多是對於心靈上的體悟，當我們要獨自一人面對廣闊的世界時，也能夠在認知與心態上有所提升吧！

7-1 你曾經遭遇離別嗎？請說明離別對你的意義。Ⅰ、Ⅱ

7-2 「故人西辭黃鶴樓，煙花三月下揚州。孤帆遠影碧空盡，惟見長江天際流」
是李白的〈送孟浩然之廣陵〉，寫的是朋友之間的情感，你會如何解讀？
請分享你的看法。Ⅱ

_____

_____

_____

_____

_____

_____

_____

_____

_____

_____

底細：參考答案區

7-1 人的生命中總會遭遇或大或小的離別。而「離別是代表著新故事的開始」往大說是：
換新工作、每個求學階段的畢業、前任愛人；往小說是：每個學期老師的更換、每
天下課與同學間的離別，這些都是新的開始。
「離別是沒有鑰匙的牢籠」它把曾經的我們、過往的回憶關在裡面，即使我把籠子
隨身攜帶，但我再也拿不出曾經的場景與曾經的人交會在一起的畫面，除非刻意為
之。所以我認為離別既是過往種種的枷鎖，也是新旅程的鑰匙。

7-2 這首詩表現了李白對孟浩然的深情，意境為李白送孟浩然離開黃鶴樓，靜靜地目送
他離開此地前往揚州，望著他離開的方向，經過極長的一段時間，甚至也許已經看
不出是哪一艘船？他卻仍舊望眼欲穿，最終才在帆影消逝時，發現長江的壯闊。
而一如我對離別的看法「離別既是過往種種的枷鎖，亦是新的旅程的鑰匙。」尤其
在通訊不發達的古代，孟浩然的離別是他對新地方的渴望促使的，他渴望到達煙霧
迷濛、繁花似錦的揚州開啟他的新故事。而對兩人來說，這場離別也桎梏了他們一
同存在的記憶，且在短時間內無法再擁有關於彼此新的回憶。
我認為離別對於還留在原地的人才是最痛苦的，但李白既寫出了離別的癡情，也寫
出了他獨有的瀟灑與詩意。

8-1 你有過和親密的人分開的經驗嗎？那是什麼樣的感受？請分享。I、II

8-2 如果面對別離的對象，你會想跟對方説什麼？請用一句話表達。III

9-1 你認為時間會是思念的殺手嗎？思念會隨著時間變淡嗎？ Π

9-2 你認同「離別是為了在更好的未來重逢」這句話嗎？請說明原因。Π

9-1 我認為思念不會隨著時間變淡，會變淡的是記憶。「人的記憶會出錯」的可能性是高的，因為「日有所思，夜有所夢」，但往往夢裡呈現的，卻都是人們所希望的，也正因夢裡的世界太過美好，才會有許多人沉浸在夢中，久久不願意醒來。

不過，夢與現實的交界其實是模糊的，有些在夢中出現的過往回憶，都有著被竄改的可能性，這讓記憶的不可靠性變高，但這也源於記憶會隨時間而淡化。然而，就算記憶已經慢慢變淡，仍有機會夢見，那是因為，內心思念的濃度高於記憶變淡所致，所以，我認為思念不會隨著時間變淡。

9-2 我認同這句話。當我們必須面臨離別時，就表示一段關係需要加以審視，但不一定是走到盡頭。畢竟只要是人，都會經歷離別，有些人可能是因為關係破裂而分開；但我更傾向於雙方都在追尋著更好的自己，為的是在未來再相遇時，可以大方地跟對方說：「我最近過得很好！」

☞ 關於死亡的思念

10-1 你曾經有親人或朋友過世的經歷嗎？你怎麼去看待「死亡」這件事？ I、II

10-2 傳統習俗會透過「燒紙錢」的方式來悼念逝者。如果是你，會想用哪種方
式來紀念他們？ III

10-3 你覺得死亡離我們很遙遠嗎？請説明你的原因。II

10-1 自古以來，死亡都是避無可避的，有些人感到恐懼、害怕，是因為死亡對生人是未知的黑暗。

在日劇《非自然死亡》（又譯《法醫女王》）中提到：「人死了哪會分什麼好人壞人，只是碰巧死了，我們也只是碰巧還活着。碰巧還活着的我們，不能把死亡當作不吉利的東西。」

10-2 對我來說，悼念已逝之人最好的方式，就是用一張相片、一段文字、一場旅遊，將他們放在生活的每個角落，對於逝者，其實不需要用浮誇的方式去表達我們的傷痛和想念。真正的思念如同我們某處的傷疤，偶爾敏感、刺痛，但卻是實際存在的證明。

所以我認為，不論是播放一首他（她）生前喜愛的歌曲，抑或是去到某個兩人共同旅遊過的地方，對我來說，都是平淡卻真實的紀念。

10-3 死亡離我們看似遙遠，卻又近在咫尺，每個人自出生以來就被死亡包圍著，日劇《非自然死亡》中有這麼一段話：「每天都有人在某地死去，那個人的死亡會令某人悲傷。人殺人，因此產生怨恨，悲傷又會增加。法醫學者能做的事，真的太少了。」

人在世界上活著的每一秒，其實都是在創造奇蹟，正因為死亡太過輕易，又充滿著不確定性，我們才會無可避免地感到恐懼。

11-1 有些人在面臨死亡前會撰寫遺書，你對遺書的看法是甚麼？ Π

11-2 你會怎麼解讀「海邊有一粒沙吹進了我的眼睛，我沒有將它取出來，為的是讓我每天都能看到大海，可是我哭了……」這段話？ Π

底細：參考答案區

11-1 寫遺書這件事對我而言，就像是對生命的反思，好比明天就要世界末日了，如果你只能用短短幾句話或是一張 A4 紙來回顧你的一生，你會怎麼描述它？
許多日本作家在結束自己生命之前，也都會留下一封遺書，在他們的文化精神中，離開人世必須像煙花一般絢爛，他們無法接受自己老化後孤獨死去，這也就是為什麼日本作家自殺率遠高於其他國家的原因。我希望遺書內容是有價值的，能夠被我的後代所見，並且作為我在世界上活過的證明。

11-2 我想，這裡的「大海」指的是那些我們所思念的人們，而「沙」則是與我們共處的回憶，當想念的人已然遠去，我們會試圖去挖掘從前的記憶，有些人可能因為無法接受現實，有些人則認為只有正視它，才能夠繼續走下去。但不論如何，在我們思念時伴隨著傷心是不可避免的。當我們已經和一個人有著深刻的連結，那些偶然的回憶，都會像手上隱隱發癢的疤痕一樣，時時刻在我們的身上。

12-1 既然死亡會帶來分離的悲傷，那麼活在世上的意義又是什麼？ Ⅱ
12-2 如果未來你有自己的孩子，你會怎麼和他談論死亡的話題？ Ⅲ

12-1 我認為人來到這世界上，不單只是為了生存，然後死去而已。的確！死亡雖然令
　　 人感到悲傷，但人活在世界上，其實是為了尋找自我的價值，並在有限的一生當
　　 中，不斷追逐著所謂的人生意義，而這樣的過程裡，我們會遇見各式各樣難題，
　　 像是生、老、病、死，而死亡只是其中的一環而已，並不需要太過在意。
12-2 小孩子可能對於「死亡」的概念尚未明瞭。如果我有小孩的話，我會先以小朋友
　　 能夠理解的話語，慢慢去帶入，人可能會因為某些原因離開這個世界。之後，要
　　 讓他們慢慢明白，世界上有許多複雜的成分存在；等到他們稍微有足夠的理解能
　　 力後，再找個時機跟他們好好談論這個話題。

13-1 你會用什麼方式和另一個世界做連結？請分享。Ⅲ

13-2 根據你的觀察，面對摯愛的親人或朋友的死亡，一般人容易出現哪些情緒反應？Ⅰ

14.1 對我來說，與另一個世界的連結大概是照片吧！透過一張張泛黃的相片，能夠在某些不經意的時刻想起重要的人們，雖然他們已經不在了，卻能永遠活在我們的心中。

14.2 否認──憤怒──沮喪──接受，這是人遇到極度悲傷的事情時，經常會產生的四種情緒階段。我們很常在親人喪禮上感受不到任何悲傷的情緒，那是因為我們正在經歷第一階段，人在極度悲傷時，中樞神經為了避免過度的情緒負荷，會產生一種令人感官麻木的神經素，待這種激素退去後，在憤怒之下，可能會有「絕望」或「無能為力」的感受，有時還會引發內疚和自責。我們必須認清的是，每個人最終都會死去，一個人的消失或離去，並非是自己一個人造成的。讓自己以健康的方式表達憤怒，無論是在海邊放聲尖叫、跑步或是任何運動，可以幫助釋放情緒。

「接受」並非代表接受了「你所愛的人離開」，這只是意味著「你現在接受了生活的新現實」。例如：我是一個寡婦，我一個人住。接受也並非「悲傷的結束」，隨著時間的推移，還是會有很多時刻想起離去的那個人。

14-1 如果還有機會見到那些過世的親人或朋友，你最想對他們說的一句話是什麼？ III

14-2 哀悼死去的人，對活著的人有什麼意義？ II

14-3 你認為需要花多少時間，才能忘掉生命中重要的人？ II

14-4 你認為生命的對立面是什麼？請舉例說明。II

底細：參考答案區

14-1 我會想對他們說：我好想你！

14-2 我覺得對活著的人來說，是一種精神救贖。就像是葬禮，為的是要撫平人的心靈，讓他們相信逝者的靈魂能在天國得到救贖。

14-3 我認為基於人生階段的不同，我們無法確定要花上多久的時間去忘掉這麼一個人，可能在你求學時認為是精神依託的那人，過了三十年後，由於自己的地位與身分都已然改變，也就變得不那麼重要了。

14-4 生命的盡頭確實是死亡，但是對立面可能包含著精神、心靈等多種層面的因素。我覺得這個問題的答案因人而異，沒有一定的標準。

15-1 面對親人或朋友的死亡，你認為應該如何做才能真正放下悲傷？ Π

15-2 如何才能好好跟過世的人道別？道別的儀式具有什麼樣的意義呢？ Π

<hr>

底細：參考答案區

15-1 我覺得在一開始，盡情地釋放情緒才是正確的，過度壓抑反而會導致心理上的疾病，以及影響個人發展。但請不要忘記，在悲傷過後，可以和身邊信任的朋友談一談自己的感受，也能快速幫助自己調適心理狀態。

15-2 道別也要有儀式感，通常這種儀式都具備了「表揚這個人生前功績」、「為人處事」以及「緬懷」的要素，而意義就在於，透過快速回顧這個人的一生，讓人去了解到我們此時道別的對象，他們在人世間所做出的貢獻與遺愛。

16-1 你認為要花多久的時間，才能接受所愛之人已經不在世上的事實？Ⅱ

16-2 如果你周遭的人面臨朋友或親人死亡時，你認為自己可以為他做什麼呢？
請分享。Ⅲ

16-3 如果可以規畫人生最後的階段，你會想要怎麼度過呢？請說明。Ⅲ

底細：參考答案區

16-1 我認為若是所愛之人，或許要花一輩子來告訴自己這個事實，畢竟我其實不太能
接受自己的生活發生巨大的變動。但如果那天真的來了，我希望自己能擁有接受
事實的勇氣。

16-2 我認為這樣的情緒很難幫助別人分擔，我們唯一能做的事情就是好好陪在他的身
邊，什麼話都不要說，此時，安靜傾聽是最好的方式。

16-3 我想跟我愛的人待在一起，或許去看看夕陽，或是兩人之間有美好回憶的地點，
找一個安靜的小屋，就在那邊過完我的一生。

示範短文

1-1 你喜歡（或不喜歡）風嗎？風對你的意義是什麼？你知道風有非實體性的特質嗎？

1-2 實體的擁抱與非實體的擁抱哪個更真心？

9-1 思念會隨著時間變淡嗎？

14-3 你認為需要花多久時間，才能忘掉生命中重要的人？

16-1 你認為要花多久的時間，才能接受所愛之人已經不在世上的事實？

被風擁抱

　　「思念是風」，輕柔的風在古詩中總有悠遠綿長之意，大風則有寄託遠大志向之意。總的來說，風是念想傳達的工具，它將不能言語，不能觸摸的，被距離與時間沉澱的人、事、物，藉由思念聯繫，去擁抱那個「他」。

　　「他」可以是一個求而不得的人，可以是距離太遠但彼此相愛的另一半，也可以是時光往復中懷念的朋友，甚至是已故的親人等等。而我心中的「他」，是我國小時曾經很要好的朋友──范姜紫菱。在科技發達遠不如今日的十年前，我的父親以他自身經驗為標準，不允許我和我的雙胞胎妹妹在上高中前擁有手機。在那樣一個不是人人都有手機的年代裡，我們倆並沒有強烈反彈，這也使得我無法取得國小同學的聯繫方式。我相當懷念國小的時光，我們友誼的澄澈，是看過社會的複雜與險惡後，完全無法比擬的純粹。

　　我和她是在國小附近的補習班認識的。那時的我，對很多事情都很懵懂，包括友情。現在回頭看我的小時候，雖沒做過什麼大善大惡的事，卻在回想起她時，腦中浮現的，卻只有那句「對不起」，以及想擁抱那時弱小無助的她的心情。我們有一個四個人的小團體，裡頭有我、我雙胞胎妹妹、另一個朋友，還有范姜紫菱。我們感情一直都很好，但臨近畢業的前幾天，我卻和她大吵一架，如今，我已想不起來是為了什麼和她吵架，只記得──世上只有「和好」沒有「如初」這句話。那個四人團體隨著我們的吵架而分崩離析，最後只剩我和妹妹彼此相依。回想起和她的點點滴滴，總會想起她對我的好，但感覺我的出現對她的國小生活是種傷害。國小的我，霸道地把朋友劃為我的領地，我待她雖好，但不讓別人靠近她，這也導致她在小六階段，跟多數

同學都不熟，也沒有人會無條件替她說話。

　　對我而言，思念是不會隨時間變淡的；如果會變淡，那也只是看待事情的角度。思念一個人，會在不經意時想起與她一同經歷的事，尤其是一個曾經對我有重要意義的人，我怎麼樣都不會想忘掉她。不管她帶給我的回憶是好？是壞？都值得珍藏。對我而言，想念一個人就是將他與自己的回憶塵封，但會逐一複習，再用這些回憶成長為更好的人。我願借風去擁抱那個在經歷爭吵後孤身一人，卻始終不變的紫菱，並告訴她，這不是當初那個讓你誤以為冰釋前嫌的擁抱，而是現在真實的我，誠心誠意的希望，那個時候的妳能被人抱一抱，那是一個讓妳感受到善意和溫暖的擁抱。

　　事過境遷，也許在我想念的人心中，我早已無足輕重，但我仍然會思念那段給我帶來快樂的時光，感念她給予我的，借風託去想給予她的真心擁抱。

希望你更好

　　讀完你的文章，可以感覺你對紫菱的虧欠，也發現你是個用情很深的人。如果有機會，是不是想辦法找一下紫菱，對她當面說聲抱歉，你的遺憾也會少一點。建議你可以把文章中的他統一改成「她」，畢竟紫菱是女生，才不會出現性別不一致的現象。此外，第二段的文字可以再做刪減，你和紫菱的美好回憶則可以增加篇幅，而四人團體中另一個朋友在面對你和紫菱的決裂時，態度又是什麼呢？祝福你們在未來的某一天有面對面「真心擁抱」的機會。

寫作見習區

故事中的故事

蔡宗曄

主題說明

　　你還記得自己的第一個故事嗎？是看著善良的小動物，跟永遠都吃不飽的大野狼互相鬥智鬥勇；還是看著一隻水晶鞋的遺落，衍生出的童話愛情故事；又或者是穿著一件不存在的衣服，進而引發的驚世笑話。不管是誰，第一次聽到的故事大都是在睡覺前的床邊，伴隨著大人繪聲繪影的說書聲，進入甜蜜的夢鄉。

　　當年聽故事的小孩長大後，接觸的故事從童話變為現實世界，我們對故事的想法還會和從前一樣嗎？有一種可能是，還保留著小時候對故事的印象；但也有一種可能，會出現新的解讀，發展出有別以往的價值觀。近年來，許多童話故事被改編成真人版電影，各種聲音也隨之而起。在故事尚未被改編之前，讀者會有自己對故事的想像空間（如角色、場景或結局……等）；但如果故事的角色由真人扮演，想像力可能就此被局限。

　　在臺灣，當性別議題產生時，讀者對故事的理解和詮釋也呈現多元性，因此，要如何劃定故事的界線，便成為新的討論議題。創作者可以透過故事傳達個人的價值觀，讀者也可以在自己的閱讀經歷中，找到自我詮釋和支撐觀念的切入點。

　　進入閱讀的世界，你會發現西方和東方的神話故事，即使會有文化上的差異，但也會有一些共通之處。閱讀的魅力就在於每個人都有不同的想法與閱歷，因此，每個人心中才會有屬於自己的故事。在人與人的相處中，屬於自己的故事會不斷地上演。或許有一天，我們都可以成為一個創作者，就像小時候的童話故事一樣，讓自己的故事成為一種不同凡響的記憶。

問題引導

☞ 故事與我

1-1 你還記得第一次聽到故事的地方是在哪裡？是誰說給你聽的呢？ I

1-2 你喜歡哪一種故事的類型呢？試著說明吸引你的原因。Ⅱ

1-3 你會透過什麼方式來記錄生活點滴？這個方式對你而言有什麼意義呢？ Ⅱ、Ⅲ

1-4 在一個故事中，你對起、承、轉、合哪一個部分最有感觸？為什麼？ Ⅱ

底細：參考答案區

1-1 有記憶以來，我第一次聽到故事是在幼稚園，老師會讓所有的小朋友坐一圈，一起聽老師說故事，每個小朋友聽著聽著就會急著想知道結局。

1-2 我喜歡歷史故事，小時候聽到花木蘭故事時，就覺得這個女生好酷，代父從軍的勇氣，我想我自己是做不到的。

1-3 我會透過寫日記的方式記錄生活。在我的認知中，文字可以包住我整個情緒，而這些文字都將成為記錄和記憶。我覺得物品的緬懷是一時的，但文字的留存便是永遠的，文字可以讓記憶不隨風而逝，經由記錄保存下來。

1-4 我最喜歡「轉」的部分，因為那是整個故事中最讓人緊張的地方，每當到「轉」的情節時，我都會為主角捏一把冷汗，好想直接幫主角決定一般。

☞ 當東方遇到西方

2-1 你讀過哪些西方的故事？它們有哪些共通性？ I

2-2 你讀過哪些東方的故事？它們有哪些共通性？ I

2-3 你可以舉出東西方情節相近的故事嗎？並試著說明它們不同的地方。I、II

☞ 假如我是說書人

3-1 在你的現實生活中，有什麼故事是你想說給別人聽的？可以試著說說看嗎？
Ⅱ、Ⅲ

3-2 你聽什麼類型的故事容易感同身受？可以試著說說看嗎？ Ⅱ、Ⅲ

底細：參考答案區

3-1 我會想說關於我小時候真實發生的故事，因為與現實接近，更容易產生共鳴。在小時候常常刮福壽螺卵，用樹枝把紅紅的福壽螺卵戳爛，現在回想起來，童年真是膽大包天，但也無憂無慮。

3-2 我覺得聽真實發生過的故事更能讓我感同身受，因為能產生共鳴與共情的故事便容易感同身受，當讀者的生活經驗和故事接近時，讀者會更快融入，產生一種互為知己的感受。

☞ 未知的結局

4-1 你喜歡看什麼樣結局的故事？請說明原因。Π

4-2 你喜歡有開放性結局的故事嗎？這類故事會對你產生甚麼樣的影響呢？ Π

底細：參考答案區

4-1 我喜歡看悲劇的結局，因為有不完美，才會更珍惜現在所擁有的。

4-2 我不喜歡開放性結局，因為會讓我難以入眠，一直在思考可能性的發展。但是開放性結局更能發人深省，產生另一種興致餘味。

☞ 故事改編的灰色地帶

5-1 你怎麼分辨真實或虛構的故事？哪一種比較容易引起你的共鳴呢？為什麼？
　　Ⅰ、Ⅱ

5-2 讀者常常認為影視改編的作品不如原著，你認為是什麼原因呢？ Ⅱ

5-3 你有看過原著改編成影視作品成功的案例嗎？你覺得他成功的原因是什麼？
　　Ⅰ、Ⅱ

底細：參考答案區

5-1 我會依照現實層面分辨真實或虛構的故事，但不管哪一個，更重要的是讓觀眾產生共鳴就是成功的作品。我覺得真實的故事更能讓我產生共鳴，因為他有可能就發生在我們周遭。

5-2 我認為當故事還是故事時，有一百個讀者，就會有一百個想像，可是當結局只有一種時，想像被限制住，就會有期待，有失望，甚至有逃避的聲音出現。

5-3 由流瀲紫創作《後宮甄嬛傳》所改編的同名影視作品就是一個很好的案例，我覺得編劇在臺詞上更精益求精，讓臺詞耐人尋味，成為經典。

☞ 故事的意義

6-1 你有讀過觸動心靈的故事嗎？請試著描述它的文字特性。Ⅰ、Ⅱ

6-2 請舉出一則啟示性的故事，並說明作者想要傳達的主題。Ⅲ

6-3 請舉出一則具有忠孝仁愛教育性質的傳統故事，並判斷故事的觀念。Ⅲ

6-4 在你生命中，有沒有一則故事是可以成為解決困難的引導呢？請分享一下。
　　Ⅲ

底細：參考答案區

6-1 我覺得《心靈雞湯》是部可以觸動人心的作品，其文字的力量可以給人溫暖，撫慰在每個角落不同的身影。

6-2 花木蘭代父從軍的故事，不僅傳達孝道，還破除了性別的刻板印象。

6-3 岳飛的故事傳達出忠的觀念，這個故事在當時的背景下，也許有潛移默化的教育作用，但如果是現在，就會覺得有些愚忠。

6-4 夸父追日的行為，可算是種無所畏懼的精神。他敢與天鬥，與日爭，這種超越生命的束縛與追求，徹底詮釋了一句老話：「明知不可為而為之」。然而，世界上有幾人能有夸父這樣鍥而不捨的精神？很多成功人士就是靠著不斷求知、求真的精神，才獲取成功的果實。重新詮釋後，也許夸父不再是自不量力、負面人物的代表，他其實是有明確追求，有堅持，有抱負的一種精神象徵。

☞ 童話轉大人

7-1 你認同將成熟的題材（如性別教育、多元成家……等）放進童書中嗎？請說明理由。∏

7-2 你認同將現代議題（如環境教育、國際正義……等）放進童書中嗎？請說明理由。∏

底細：參考答案區

7-1 不一定全部適合。現代知識取得便捷，當題材透過故事呈現時，雖然會讓人更容易接觸到，但讀者如何詮釋也值得思考。因此，成熟題材以故事方式呈現，非常考驗受眾的判斷能力。至於像性別教育，如果有適合的故事表述，讓孩子提前了解，也可以幫助孩子更懂得保護自己。

7-2 我認同在不同年齡階段的童書中，出現一些國際化的議題，這能讓故事有更多可能性，孩子也能從小訓練開闊的視野，學習不會只局限在教科書的內容。

☞ 故事的迴響

8-1 在你生命中，有沒有一則故事是影響你一輩子呢？請分享。Ⅰ、Ⅱ

8-2 在不同的時間點閱讀同一個故事，有時會產生感受的差異性，你有這樣的經驗嗎？請說明原因。Ⅰ、Ⅱ

8-3 你有沒有這樣的經驗，在讀完一個故事後會聯想到另一個故事呢？請分享。Ⅲ

底細：參考答案區

8-1 〈管晏列傳〉這則故事影響我很深。我認為當一個人陷入無人援助、不得存活之境，可以看到一個人對於知的本質，是不輕視對方，且願意在對方落魄之時伸出援手，這樣的知更顯得可貴。當身邊無利可圖時，還有一個人了解你，不是選在飛黃騰達後接近你，這就是知人的可貴之處。

8-2 小時候覺得夸父自不量力，現在反而認為夸父「望之儼然」，頗有距離。愈長大愈會發現沒辦法放手一搏，生活上要顧慮很多事情，也許小時候的我更像夸父，不用被綁手綁腳，可以自由的做自己。我期許未來能在自己熱愛的事上，展現夸父的無畏精神。

8-3 在很多神話中其實都可以看到巨人的身影，比如中國神話的夸父，希臘神話的泰坦巨神，臺灣阿美族神話的阿里嘎蓋巨人等等。而在神話中的巨人多數都呈現比較自我的層面，像是「夸父與日逐走，入日；渴，欲得飲，飲於河、渭；河、渭不足，北飲大澤。未至，道渴而死。棄其杖，化為鄧林」這個故事，河、渭之水無法滿足乾渴的夸父，雖然他還不到大澤就「道渴而死」，儘管逐日失敗，卻為世界留下一片鄧林，供人懷念。

示範短文

1-2 你喜歡哪一種故事的類型呢？試著說明吸引你的原因。

6-2 請舉出一則啟示性的故事，並說明作者想要傳達的主題。

8-1 在你生命中，有沒有一則故事是影響你一輩子呢？請分享。

8-2 在不同的時間點閱讀同一個故事，有時會產生感受的差異性，你有這樣的經驗嗎？請說明原因。

8-3 你有沒有這樣的經驗，在讀完一個故事後會聯想到另一個故事呢？請分享。

「管」你是誰？以故事中的故事重新詮釋

所謂「貴人」，如果用從小就知道的故事來說明，最常被人們提及的，便是伯樂與千里馬的故事，千里馬因為遇到伯樂，不至於被埋沒與生俱來的優勢，可以在自己的領域上發光發熱，盡情揮舞才幹。而「貴人」這詞，幾乎都有一個共通點，即是獨具慧眼，能夠拉拔陷入泥濘的人，他們都有看見璞玉光彩的能力。

其實「貴人」還有一個耳熟能詳的故事，就是人們常用來形容朋友之間堅貞情誼的「管鮑之交」。如果將〈管晏列傳〉套用上述貴人的概念，可以重新解釋鮑叔牙對管仲的理解：不因他多拿利潤而認為其貪心，不因他破壞所謀之事而認為其愚笨，不因他時運不濟而認為其無能，不因他不戰而逃而認為其怯懦，不因他轉換陣營而認為其無恥……簡單來說，鮑叔牙有異於常人的獨特眼光，管仲能得到他的理解，是種幸運！

除此之外，鮑叔牙還甘願推薦管仲做自己的頂頭上司，管仲有這樣不在乎利益，努力提攜自己的朋友，真是夫復何求啊！然而，兩人除了朋友的關係外，鮑叔牙對管仲而言，其實還有貴人的身分，不管處在什麼境遇，鮑叔牙永遠都是管仲的後盾，這或許就是最高等級的貴人吧！我認為〈管晏列傳〉最值得學習的地方在於知人，而知人之所以困難，就在於當一個人落魄潦倒之時，仍然有人可以看出他被掩蓋的光芒，且不輕易否定，甚至進一步包容、提攜他。如果對方已處於富貴顯赫的地位，那時才發揮知的功能，就難免有攀附應和的嫌疑。因此，鮑叔牙的知遇之恩，不僅成全兩人的友誼，也造就一個拔擢人才的佳話。

然而，換個方式來看，管仲與鮑叔牙之間，其實還存在著類似上對下、強對弱的不對等關係——鮑叔牙在當下其實比管仲更有實力，而這正是貴人的可貴之處。不過，貴人關係只能是單向的嗎？〈管晏列傳〉還有另一個晏嬰與越石父的故事可作補充說明，晏嬰可以說是越石父的貴人，他讓越石父免於牢獄之災，但卻沒有給越石父施展才能的機會，因而讓越石父萌生出走的意念。晏嬰後來得知越石父的心聲，原來識才和尊重才是他想要的。表面看來，晏嬰是越石父的貴人，但越石父又何嘗不是晏嬰的貴人呢？他讓晏嬰明白用人之道在於尊重，思想也得到了啟發。因此，透過不同面向的思考，從顯性與隱性的影響進行探究，貴人一詞的解釋也由單向變成雙向，不再受過去詮釋所局限。

　　我的故事說完了，想問的是：你的貴人出現了嗎？或者，你想當誰的貴人？又或者，你正在等待貴人的出現，你也想當他的貴人呢？這些提問，就留給其他的人去傷腦筋吧！

希望你更好

　　利用對「貴人」的新角度，重新詮釋〈管晏列傳〉中鮑叔牙和管仲，晏嬰和越石父的關係，你很有邏輯性，也有新眼光。不過，若以正反合的結構來看，我倒蠻期待文章能舉出從貴人變仇人的反面例子，或者說說自身體驗過的故事也很好喔！話說回來，你對千里馬和伯樂的觀點，是不是也有新看法呢？希望有機會和你討教一下。

假如我是 MBTI 16 型人格

李晨妤、張鳳娟

主題說明

你認識自己嗎？曾經透過什麼樣的工具來了解自己？現在讓我們來為你介紹一款來自韓國，眾所皆知的心理測驗—— MBTI*（Myers-Briggs Type Indicator）。MBTI 是一種檢視人格特質的心理測驗，測驗內容主要以簡明扼要的問題來進行，作答者只要回答是或否，就能得到自己的 MBTI 結果。測驗結果分為思考、情感、實感與直覺等 4 種認知功能，再延伸出內向（Introversion）或外向（Extroversion）、實感（Sensing）或直覺（Intuition）、思考（Thinking）或情感（Feeling）、判斷（Judging）或感知（Perceiving）等分類成四大特質，由此排列組合成 16 種不同的人格，再透過這 16 種人格全方位地分析你的人格特質。

以下我們將以 MBTI 的結果作為基礎，提出四大主題的討論，再進行 16 型人格的特質分析**。首先，透過人格相關的問題，與自我產生對話，加入破除刻板印象與成見的思辨，例如人格特質中是否存在優缺點與高低等問題。接著，讓你從自身 MBTI 類型出發，當遇到與自己人格特質產生差異的人時，人與人的相處就會發生的一系列問題，再進一步帶領你進入我們所預設的情境中，例如：「假如我是……人格，我會怎麼做」等，來了解並感受不同人格的人看待事物的方式，並思考在社會上所要扮演的角色。透過與 MBTI 相關的 30 個問題，探討關於「自我認知」概念，思考這項心理測驗與自我認知間的關係。最後，我們提出結論式的問題，透過比較其他心理測驗與星座的方式，做一個總結。

---

* MBTI 測驗網站網址 https://reurl.cc/r5Q58k。

** 下頁圖表：林文婷整理、Cheers 團隊製作。資料來源：Free Personal Test-16 Personalities、維基百科（https://www.cw.com.tw/article/5123619，取得日期 2024 年 5 月 14 日）。

MBTI 16 型人格（向內）一覽表 1

· ISTJ 物流師

人格特質

誠信、盡責、有原則

適合職業

穩定、組織分工明確的職場，如：律師、會計師等。

· ISFJ 捍衛者

人格特質

盡責、有熱忱、樂於犧牲

適合職業

能助人的工作，如：護士、治療師、服務人員等。

· ISTJ 勸導者

人格特質

有創意、有理想、利他主義

適合職業

尋求和夢想一致的工作，適合當創業家、自由工作者。

· ISTJ 建築師

人格特質

創意、有邏輯、獨立

適合職業

渴望在工作中進行創新與實驗，在工程、研究領域表現卓越。

· ISTJ 演奏家

人格特質

有創意、實踐力強、喜愛冒險

適合職業

喜歡拆解機械、擅長解決問題。如工程師、科學家、消防員等。

· ISFJ 冒險家

人格特質

有魅力、富想像力、好奇心強

適合職業

享有充分自由的創意工作，如藝術家、作家、或開發具開創性的實驗技術者。

· ISTJ 哲學家

人格特質

敏感、有創意、樂於助人

適合職業

重視個人成長與內在和諧的工作，如作家、諮商師、教師、醫療人員等。

· ISTJ 邏輯學家

人格特質

邏輯力強，喜歡解決問題、富有想像

適合職業

好奇心是驅動工作的動力，適合從事數學家、分析師、科學家等工作。

MBTI 16 型人格（向外）一覽表 2

· ESTP 企業家

人格特質

善於解決問題、行動派、好冒險

適合職業

高度競爭或有挑戰性的工作，如從商、或分析、管理等工作。

· ESFP 表演者

人格特質

樂觀、擅社交、及時行樂

適合職業

天生的活動策畫者，適合擔任銷售代表、導遊、或鼓舞人心的諮詢者、顧問、教練等工作。

· ENFP 優勝者

人格特質

渴望情感交流、有創意、擅活通

適合職業

交際高手，適合能與人接觸的工作，如服務業、婚姻介紹人、NGO 等。

· ENTP 辯論家

人格特質

聰明、好奇心強、樂於接受挑戰

適合職業

重視知識、思維和洞察力的工作，如律師、心理學家、系統分析師、科學家等。

· ESTJ 總經理

人格特質

遵循常規、高效率、盡責敬業

適合職業

大型企業組織中的領導人或高階主管，也非常通合行政部門、執法單位人員。

· ESFJ 供給者

人格特質

熱心、盡責、可靠、道德感強

適合職業

在工作中有人際互動與情感反饋的職業，如治療師、社工、慈善家等。

· ENFJ 主人公

人格特質

有魅力、觀察力強、擅長啟發他人

適合職業

熱衷幫助他人改善生活，適合擔任人資、社工、教學、諮詢輔導、醫療等工作。

· ENTJ 指揮官

人格特質

領導力強、高效率、鼓舞人心

適合職業

需高標準、高效率、自我要求高的工作，如創業家、企業家、律師、法官、教授等。

問題引導

☞ 我是誰？探索自我之問

1-1 你認識自己嗎？可以描述一下你的人格特質嗎？Ⅰ、Ⅱ

1-2 人格特質都是被定義出來的，你認為它是如何產生的？Ⅱ、Ⅲ

1-3 人格特質會反映出個人的優缺點嗎？為什麼？Ⅱ

底細：參考答案區

1-1 還算了解。我認為自己擁有內向、友好、感性、自信等等特質。

1-2 每個人所擁有的人格特質其實都是社會所下的定義，也就是由人自己對人格特質所下的註解。

1-3 人格特質並沒有優劣、高低之分，也不應該因為自己的人格特質與社會期待不符就認為是缺點。

☞ 做幾道題目就對我瞭若指掌？於 MBTI 測驗之問

2-1 MBTI 測驗的背景是什麼？請試著上網搜尋後寫下你的觀察。I

2-2 在不同時間和狀態下，MBTI 的測驗結果可能會有所差異。試著在夏天和冬天各做一次測驗，並寫下你的結果！I、Ⅲ

2-3 經過測驗後，你認為 MBTI 測驗的準確度如何？和你認識中的自己有何區別？I、Ⅱ

底細：參考答案區

2-1 MBTI 是人格類型學中一種用於內省的自我報告問卷，由兩名美國人所建構，其理論基礎來自卡爾·榮格的《心理類型》。他們將榮格認知功能整理得更加易於理解，MBTI 因而誕生。

2-2 我在夏天和冬天分別所做的 MBTI 測驗結果都相同，都是 ISFJ。

2-3 我認為 MBTI 因為是依照諸多問答所得出的結果，有一定的準確度。結果跟認識中的自己沒有太大的區別，測驗結果的分析比我認識的自己還更精細。

3-1 查看自己 MBTI 結果的第一個字母，E 和 I 的區別和普遍定義中的外向和內向一致嗎？ I

3-2 邀請你的朋友一同來測驗，同時觀察彼此 MBTI 結果的第二個字母，在與 S 或 N 相處時，有沒有發現彼此思考模式的差異？ I

3-3 邀請你的朋友一同來測驗，同時觀察彼此 MBTI 結果的第三個字母，在與 T 或 F 相處時，有沒有產生過摩擦？ I

3-4 邀請更多人一同參與測驗。並統計你身邊哪種 MBTI 類型的人最多？ I

底細：參考答案區

3-1 我的 MBTI 首字母是 I，雖然與傳統定義中的內向有相似之處，但並不一致；I 型人不代表不擅長社交，不喜好社交的外向型人格也可能是 I 型人。

3-2 我的 MBTI 第二個字母是 S，在面對一個問題的解決方法時，我總是很實際地提出思考觀點，但 N 型的朋友會提出許多異想天開、不符合規範的思考想法。

3-3 當我（F）遇到悲傷的事情時，會想得到安慰，但 T 型的朋友總是想以一種理性、理論的方式與我交談，諸如此類的出發點差異，使我與 T 型的朋友之間的看法經常產生衝突。

3-4 我身邊許多朋友測出來的結果都是 ISFJ。

☞ 假如我是……16 型人格的角色扮演之問

4-1 喜好規畫一切的 J 型人和注重感知彈性做事的 P 型人，在生活習慣上會有什麼差異？ III

4-2 ISTJ 具有盡責又重視傳統的特質。他的職場角色是如何被定義的？ III

4-3 ISFJ 具有力求安穩的同時害怕改變的特質。你會給予他什麼樣的處事建議？ III

4-4 ESFP 具有擅長社交的表演型人格的特質。他會有怎樣的社會優勢與劣勢？ III

4-5 ESTP 具有注重效率但缺乏耐性的特質。若他是你工作上的夥伴，該如何與他溝通？ III

底細：參考答案區

4-1 一個好規畫、規律的 J 型人，他的生活便會照著一個固定的節奏走；而 P 型做事較
　　隨性、經常不照著計畫走，他的生活則會有許多變動和不規律，使兩者類型有極大
　　的生活差異。

4-2 ISTJ 具有盡責又重視傳統的特質。他適合變動性小、依循一定規則的職業角色。

4-3 ISFJ 在處事上可以更加勇於嘗試變化，努力跳脫自己的舒適圈，才能有不一樣的
　　收穫與體驗。

4-4 ESFP 擁有擅於社交、大膽嘗試的性格，具有社會優勢，但他們也有著過度享樂主
　　義、缺乏未來計畫的社會劣勢。

4-5 ESTP 具有注重效率但缺乏耐性的特質。因此成為他工作上的夥伴，在溝通上必須
　　注意得以簡明扼要、清楚有邏輯的原則發表意見。

5-1 INTJ 具有果斷而理性有邏輯的特質。他在團體中可以扮演什麼角色？ Ⅲ

5-2 INFJ 具有擁有行動力的理想和完美主義的特質。他在處事上可能會碰到什麼問題？ Ⅲ

5-3 ENFP 具有領悟力強、嚮往自由且善於交際的特質。他適合從事什麼工作？ Ⅲ

5-4 ENTP 具有喜好交流、擅於言談的特質。他在團體中會有怎樣的優勢呢？ Ⅲ

底細：參考答案區

5-1 INTJ 在團體中適合擔任主導者的角色，因其做事果斷、不易受情緒左右決策，對於整頓團隊的紀律及引領事業推展是再好不過的良才。

5-2 INFJ 對於一切事物太過理想化，加上凡事完美主義的要求，處事上容易遭受挫折，且可能會有力不從心與其所望相悖的矛盾存在。

5-3 ENFP 處事方面擁有良好的理解力和社交手腕，加上嚮往自由，因此適合從事需要大量與人互動的行業，且工作內容也不能太過制式化。

5-4 ENTP 擁有與生俱來的溝通能力，所以在團體中與人相處應是如魚得水，且必為引人注目，重要的核心人物。

6-1 ENTJ 具有充滿自信，極度理性的特質，執行力和決心皆高，同時性格也較固執。這樣的他適合成為團隊中的領導嗎？為什麼？Ⅰ、Ⅱ

6-2 ESTJ 具有務實、重視秩序的特質。他容易遇到什麼困境？Ⅲ

6-3 ISTP 擁有擅長思考、實務操作的藝術型人格。他適合從事什麼職業？Ⅲ

6-4 INTP 具有擅長邏輯與理性思考的特質。他會如何表達自身的情感？Ⅲ

底細：參考答案區

6-1 ENTJ 既有自信又理性，做事態度較為積極果斷，是擔任領導者的不二人選。雖然他性格固執，處事上較為自我，但並不損其成為領導者的風範。

6-2 ESTJ 在處事上思考層面較為務實、也對萬物秩序十分看重，因此在面臨社會諸多不可測的變化時會出現不適應或價值觀與之相斥的狀況發生。

6-3 ISTP 對事物思考層面擁有獨特見解，加上其擅長實務操作的天分，因此相當適合從事藝術或特定必須手動操作的專業領域。

6-4 INTP 相對內斂，又因著重理性邏輯思考，因此在表達自身情感應是隱晦不明顯，或是較顛覆常態思考的情感表態。

7-1 ISFP 具有喜愛挑戰、熱愛物質生活的特質。他會喜歡怎樣的休閒娛樂？ Ⅲ

7-2 INFP 是完全的理想主義者，希望事情都推向好的發展。你認為他適合生在哪個時代？為什麼？ Ⅱ、Ⅲ

7-3 ENFJ 具有領導力和交際手腕佳的特質，但情感上容易鑽牛角尖。他和 INTJ 能夠一起共事嗎？ Ⅰ、Ⅲ

7-4 ESFJ 具有擅交際、細心的特質。他在團體中適合擔任什麼樣的職務？ Ⅲ

底細：參考答案區

7-1 ISFP 具有勇於嘗試挑戰的熱忱和對物質生活上的追求。因此他或許喜歡較刺激、有挑戰性的極限運動作為娛樂。

7-2 INFP 對於世界擁有極度的理想主義和美好嚮往。我認為他若生在魏晉南北朝可能過著不受現實包袱拘束、盡情實現理想的生活。

7-3 ENFJ 雖擁有強大的領導決策力，但在情感上並不像 INTJ 般理性，雙方處事上可能會有所牴觸，若能化解干戈，以和為貴，還是能夠合作處事。

7-4 ESFJ 處事細心，善於調和人際關係，因此在團體中可以擔任調停糾紛或為人伸張正義的職務。

☞ 究竟誰比較懂我？ 12 星座／心理測驗與 16 型人格之問

8-1 你的星座是什麼？請試著比較 MBTI 和星座的結果有何差異？ I、Ⅲ

8-2 你認為 MBTI 分成十六種人格特質的依據是什麼？ Ⅲ（3）

8-3 除了 MBTI 外，你還知道哪些準確度高的心理測驗嗎？請分享一下你的經驗。I、Ⅲ

底細：參考答案區

8-1 我的星座是雙魚座。我認為兩者結果不同之處在於 MBTI 著重在心理學的研究劃分，星座則是藉由星象和人的生辰兩者關係作劃分。

8-2 應是由專家在經過多重樣本研究中所得出的結論，用二元對立特質作劃分因而出現 E 與 I、N 與 S、F 與 T、P 與 J 的概念。

8-3 我知道另一款心理測驗為「DISC 人格取向」，此測驗能了解人的人格取向還有適合的工作及工作效能等。

短文一

2-3 經過測驗後，你認為 MBTI 測驗的準確度如何？和你認識中的自己有何區別？

3-1 查看自己 MBTI 結果的第一個字母，E 和 I 的區別和普遍定義中的外向和內向一致嗎？

3-2 邀請你的朋友一同來測驗，同時觀察彼此 MBTI 結果的第二個字母，在與 S 或 N 相處時，有沒有發現彼此思考模式的差異？

3-3 邀請你的朋友一同來測驗，同時觀察彼此 MBTI 結果的第三個字母，在與 T 或 F 相處時，有沒有產生過摩擦？

4-1 喜好規畫一切的 J 型人和注重感知彈性做事的 P 型人，在生活習慣上會有什麼差異？

MBTI 中相對字母的差異

　　MBTI 的全稱是：邁爾斯－布里格斯性格分類法（Myers-Briggs Type Indicator），四種類別中各有兩種不同的分界，分別是內向（Introversion）或外向（Extroversion）、實感（Sensing）或直覺（Intuition）、思考（Thinking）或情感（Feeling）、判斷（Judging）或感知（Perceiving）。共可以排列成十六種組合。

　　而 MBTI 中的首字母 I、E，分別代表了內向與外向，這和普遍定義中的內向與外向一致嗎？我認為並不一致，MBTI 中的內向與外向，僅是代表了優勢功能的傾向，與普遍定義的社交式內向、外向那種光譜式的區分不同。一個 I 型的人可以很健談、一個 E 型的人可以不喜愛社交。

　　而當一個 S（實感）型人和一個 N（直覺）型人相處時，思考模式上會有什麼差異呢？S 與 N 最大的差異就在於對事情的處理習慣，當一件事情發生或是出現時，S 型人只會吸收並解讀實際發生的事情，但 N 型人會「腦補」出一個事情的全貌，這使得兩邊處理問題的方式會大不相同。

　　那麼，一個 T（思考）型人和一個 F（情感）型人相處過程中，會不會產生較多的摩擦呢？答案是會的，他們之間可能會產生許多不理解和紛爭。

兩者的差異在於思考模式的不同，T 型人喜歡分析造成事情的原因和結果，思考模式是具邏輯性的；F 型人則是常用情緒和情感來看待事情，較為感性。

　　喜好規畫一切的 J（判斷）型人，和注重感知、彈性做事的 P（感知）型人，生活習慣會不會有極大差異？答案是會的，J 型人喜歡一切井然有序，習慣事先規畫所有事情，並按部就班地依據規畫生活；P 型人則不像 J 型人一樣按部就班，他們不太有決斷性，生活隨心所欲，沒有既定的軌道。

　　測驗後，你認為 MBTI 是一項可靠、準確的人格測驗嗎？跟自己原先對自己的認識有很大的區別嗎？我認為是的，因為 MBTI 的結果是根據諸多問題來找到一個人的人格組合，結果一定程度上會是準確的；也與原本對自我的認識沒有太大的差異。

短文二

1-1 你認識自己嗎？可以描述一下你的人格特色嗎？

1-2 人格特質都是被定義出來的，你認為它是如何產生的？

1-3 人格特質會反映出個人的優缺點嗎？為什麼？

2-1 MBTI 測驗的背景是什麼？請試著上網搜尋後寫下你的觀察。

2-3 經過測驗後，你認為 MBTI 測驗的準確度如何？和你認識中的自己有何區別？

人格特質與心理測驗的關聯性

　　每個人皆是獨一無二的個體，人格特質亦是。所謂的人格特質大抵是將人固有的習慣性要素，包括思想、行為及情緒等依據作劃分，屬於時間性較長、變動性不大的學理研究。個人認為人格特質是將一人的行為及特徵作客觀的描述或以固有的形容詞去比對，但是否能確切評價人的性格面貌，仍有待探討。

　　若先拋開由心理測驗得出的結果，單純的就自己的主觀意識來看，會具有怎樣的人格特質呢？我認為一般人不外乎會先以性格內向或外向、悲觀或樂觀等特質作描述，然而，人格特質在自己和他人眼中也會有所差異，顯而易見地，「外在」和蘊藏內心深處的「內在」也許會是不同人格特質的表徵，

這就是為何有人認為心理測驗的結果，會有因人而異的偏頗，其中的一個原因。那麼，人格特質與優缺點是否有關連？我覺得兩者必然有相關性。優缺點的定義，其實是十分模稜兩可的，也許在自我認知上的優點，對他人而言是缺點，反之亦然。或許，可不論其好壞優劣，因人而異，獨有且無法替代的優缺點，其實皆占人格特質組成的重要比例與一席之地。

從古自今，有無數的學者投入大量心力去研究心理學，包含採集多數的樣本去驗證、以客觀的科學角度去分析等，因此我認為 MBTI 測驗也是這樣出現的。如今相當有話題性和流行的 MBTI，成了自我介紹中不可或缺的一項表述。然而，對於其分類和準確度還是存在不少質疑。不可否定，MBTI 確實吹起人們對「自我認識」產生好奇的風潮，對於自我認識也有一定程度的幫助。

藉由 MBTI 的測驗後，測驗結果的解析對我而言，是相當準確的。除了描述我的人格特質之外，也會適時給予一些建議，為我指點未來方向，以及提供就業參考。所以，我並不排斥諸如 MBTI 的心理測驗，因為它有機會是身陷迷惘的自己在尋找未來出路的一盞明燈。

此外，在進行相關心裡測驗時也應當注意，測驗可能有一定的偏頗或失真性，衡量其價值時，也應當保有辨別及識讀的能力。因此，不一味的信其有無，才是心理測驗帶來正向意義，幫助我們前行，最為重要的原則。

希望你更好

短文一

感覺你對 MBTI 的認識很有深度，也對這個測驗的可信度很推崇。不過，對於初次接觸的我來說，還是有點陌生耶。希望你舉出在生活中印證的實際例子，尤其是你的朋友對測驗結果的反應（包括表情、動作和對話），以及你在什麼時候會使用這個測驗呢？它對你的生活產生的影響又是什麼？

短文二

你和上一篇文章的作者都是 MBTI 的愛用者，我認為你們都是論述很有條理的人。然而，可以告訴我，這個測驗是如何幫助你進行「自我認識」的？

對你和自己的關係有產生變化嗎？你依照它所提供的建議，得到的指引是？當時的感受和態度是什麼？而「辨別及識讀的能力」又要如何保持？請幫我解答一下迷津吧！

既問蒼生又問鬼神

何品軒、陳微孟、周澍瑄

主題說明

　　「世間蒼生，玄之又玄。」本單元便是眾妙之門，每一扇門都連接著一個魔法世界。

　　我們認為生活中處處存在魔法，只要你願意相信，任何事物中都隱藏著奇妙的光點。現在，請跟隨我們的腳步，睜開心靈的雙眼，打開那扇門扉。想像一下，在水晶賦予的空間裡，有一個寧靜的液態光池，水晶反射出了其中的宇宙，每一次觸摸，都在建立一種深刻的聯繫，穿越空靈境界的同時，挖掘出我們存在的神聖祕密。

　　是的！我們無時無刻不在追尋自己靈魂的所在，以尋求心靈的安身之所，在尋找靈魂的路上，體內血緣連結於何處？通過一些特別的儀式，人類可以與花草、大自然契應，在與自然力量交織的過程中，即呼喚著一種奇異的溝通，而威卡魔法＊正是這一經驗的媒介。

　　但魔法並不只存在於玄妙的他界，它閃爍於生活的每一個細節，即使是在我們最親近的角落，也經常被忽視。例如說，熊貓無處不在，驀然回首，「花花、團團、圓圓、福寶、愛寶、樂寶、萌蘭、foodpanda……」你或許會疑惑，在熊貓的背後有什麼魔法呢？作為絕世而獨立的，連接著遠古與現代的熊貓啊！你知道牠們心裏在默默思索什麼嗎？這些極具柔韌性、功夫與禪意的神獸，皮毛質感柔軟，於土地上翻滾的同時，展現出牠們無窮的魅力，這毛茸茸的力量，冥冥中滲透我們的生活，影響我們的心靈，宛如魔法。

　　不只有可愛和治癒才是魔法，在人性中，正反面往往相互依存，黑暗中的魔法也是難以抵擋的。

＊　「薩滿」是世界上最原始的宗教，而「威卡」即是從薩滿衍生而來，尊崇宇宙與大自然，著重於魔法儀式、能量、意識的溝通，並藉由儀式連結人類和自然間的關係。詳情參考史特・康寧罕（Scott Cunningham）著，李芸玫譯，《威卡魔法：經實證最有效、最易操作，巫師必讀的魔法經典》（臺北：新星球，2013 年），頁 30-35。

你渴望恐懼與噩夢嗎？明明顫抖不已，卻不自覺地受到來自混沌的吸引，無法遏止。世界上存在真正的善惡嗎？二者又有何區別呢？克蘇魯神話 * 中往往難辨那扭曲的面目，你甚至無法用言語形容，那些讓你不敢直視的形態，那些察覺不到的精神死角⋯⋯打開那扇門，夢境於耳邊輕聲呢喃，觸手包裹住你的靈魂，引導你邁向恐懼的深淵。

　　打破生命的刻板印象，門的背後，還有怎樣的世界存在？翻開下一頁，和我們一起在魔法的靈感中，建立起只屬於你的文字吧！

---

* 克蘇魯神話有不同階段的發展，最初起源於霍華德・菲利普斯・洛夫克拉夫特（Howard Phillips Love-craft）所創作的世界觀，是整個系統基礎的原型，「克蘇魯」之名即來自於短篇小說《克蘇魯的呼喚：H.P. Lovecraft 恐怖小說傑作選（全新重譯版）》（臺北：堡壘文化，2021 年）。其內容描寫超越人類認知、擁有強大力量的存在，包括如：外神、舊日支配者、古神、舊神等。

問題引導

☞ **魔法水晶**

1-1 如果你有一塊可以預卜三件事情的水晶，你會想知道哪三件呢？Ⅲ

1-2 猜猜看，在冥想時，水晶會喜歡你如何對待它呢？Ⅲ

1-3 人為的力量可以與自然造物主的影響力媲美嗎？合成水晶和天然水晶一樣嗎？基因改造農作物與天然農作物呢？Ⅱ

1-4 如果將氣功和水晶冥想聯繫到一起，想像一下，會有怎麼樣的發展呢？（提示：可以從氣場與磁場的層面考慮）。Ⅲ

底細：參考答案區

1-1 我想知道地球的命運，房價和股價的漲跌情形，還有未來幾年的天氣概況。

1-2 水晶會希望我溫柔對待它，將它從柔軟的天鵝絨上小心地拿起，溫柔地擦拭它，握在手中，閉上眼睛感受自己與水晶之間的共鳴。

1-3 高機率是不行的，很多時候，人類是無法抵擋自然帶來的反擊與威脅。應該是不一樣的，組成成分、內容的影響巨大，本質不同，所展現出的型態即使相似，也是具有差異的。

1-4 我認為，通過氣功「氣」的運作，在流通之間，可能會進而影響水晶的質性。同時，藉由水晶的傳導，也能使人在冥想時產生意外的共鳴。

2-1 如果你購買了鎮宅避邪的水晶或是聚財的水晶，但它沒能解決你的問題，你會生氣嗎？為什麼？ Ⅱ

2-2 如果水晶中存在著遠古的靈魂碎片，那麼你會選擇與它發展出怎樣的關係呢？ Ⅲ

底細：參考答案區

2-1 鎮宅避邪的水晶有黑曜石、黑碧璽、白水晶柱等等；而黃水晶、金運石、紫水晶洞等等水晶則能聚財。人生不如意之事十之八九，即使它沒能解決我的問題，與其花錢買水晶祈福聚財，還不如踏實存錢、工作，而非完全依靠水晶，水晶最大的作用僅在於為我們帶來信心和推動力，讓我們有能量前進。

2-2 我會時常與水晶中的靈魂碎片分享自己的情緒，與它談論生活瑣事。而當遇到生命的困境時，它就如同知己與導師，總能夠激勵我、引領我前行。

☞ 威卡魔法景觀／場景／用品

3 如果可以設計一個祭壇，你會怎樣創造這個神聖空間？會用到什麼物品，什麼形式？請從以下魔法物品中選一種，描繪它，並説一個你與它的小故事：【掃帚（對抗詛咒和黑魔法的強大工具）、魔法棒（召喚工具）、香爐（存放薰香）、大釜（是一種可以變出魔法的器皿、神聖之泉和宇宙洪荒之海）、巫刃（用來引導由儀式和咒語集聚的能量）、白柄刀（使用的工作刀，用來切割魔法棒或獻祭的草藥）、水晶球（占卜、接收父神／母神＊訊息）、杯子（與水元素有關）、五芒星（一種保護的工具，或召喚神靈的工具，有土元素特質）、影子之書（由某個威卡魔法巫師傳給另一個威卡巫師的啟蒙書）、鈴鐺（釋放強而有力的震波，是女性的象徵，也可驅趕惡毒咒語／鬼魂，遏阻暴風雨，引來好的能量）。】**Ⅲ

....

....

....

....

....

....

底細：參考答案區

3 我會使用一個銅製的香爐，作為這個神聖空間的基礎，利用薰香、香料的氣味，來營造出這個祭壇的神聖性。另外，我會將它放在矮桌上，閉上雙眼，感受香在整個空間的流動。

---

* 父神與母神，是威卡教信仰中至高力量的擬人化，能夠幫助信徒或參拜者了解這種力量。這些神是平等、雙生的，並與大自然相互聯繫，例如：母神與父神分別代表月亮和太陽這兩個元素。請參考史考特・康寧罕（Scott Cunningham）著，李芸玫譯，《威卡魔法：經實證最有效、最易操作，巫師必讀的魔法經典》，頁36-49。

** 物品的詳細功能與作用，請參考史考特・康寧罕（Scott Cunningham）著，李芸玫譯，《威卡魔法：經實證最有效、最易操作，巫師必讀的魔法經典》，頁59-68。

4-1 顯化母神能量的方式：請站著或坐著面對月亮，感覺輕柔的月光流淌在你的肌膚上，並與你的能量聯結，混合成新的能量。請試著描繪你的感覺（文字與圖像均可）。Ⅲ

4-2 請回憶／想像一次你被「香氣」操縱的經歷，並進行描述。你當時有意識到「香」的作用嗎？Ⅰ

4-3「香」具有除穢淨身、還魂的效益，你知道嗎？你覺得這是為什麼呢？Ⅱ

4-4 倘若「他界」與現實世界可以通過「香」來聯結，請寫一小段詩來描繪你的想像。Ⅲ

底細：參考答案區

4-1 窗外的光影不斷改變，折射在身上的月光彷彿錦繡一般，華美而柔和。此時，雜亂不堪的思緒隨著月光的走向，慢慢整理，再點燃蠟燭，藉由燭光與月光，陪伴自己也溫暖自己，而月，此時正是「望」，代表明天希望的開始。

4-2 室友的香蠟帶有柑橘調的尾韻，每每感受到它，香氣的流動總會從四方壓制浮躁不安的心情，原本面對電腦的煩躁，慢慢因香氣的環繞後被帶離。有，因為能感覺到香充滿整個房間，能夠從嗅覺帶動其餘感官，進而達到放鬆的作用。

4-3 不管是哪一種香，在揮發的過程中，總瀰漫於四周，包裹全身，像是吸收、帶離身上的汙穢，而其煙霧繚繞之時，彷彿營造出陰陽界線模糊的感受。

4-4 瞳孔中打翻／一雙倒影／鼻息上升／在荒原傾落／煙中／我成為舊鳥

5-1 嗅覺是理性的還是感性的？嗅覺所帶來的情緒可以被替代嗎？ II II

5-2 聽覺、嗅覺、味覺、視覺、觸覺，你認為哪一個最可以被捨棄？哪一個不可或缺？為什麼？ II

5-1 嗅覺可以是理性的，也可以是感性的，但更多偏向於感性。人類會根據所聞到的味道，生發自己的感受與想法，因為其偏向人的第一印象，如果有其他感官或周圍環境的干擾，情緒被置換的機率也會增高。

5-2 沒有感官是可以被捨棄的，他們彼此制衡。在日常生活中，我們會透過其中的一個感官認知到某件事物，之後再接續擴大、發展至其他感官，進而影響行為。因為其彼此制衡的關係，造就其於人類的使用，地位是相等的。

☞ 魔法熊貓

6-1 你聽過熊貓是蚩尤坐騎的說法嗎？理由你知道嗎？Ⅱ

6-2 找時間去見一下真正的熊貓吧！請詳細敘述你對熊貓的印象。Ⅰ

6-3 熊貓的眼圈為什麼是黑的？如果熊貓的眼圈是白色，這個世界會發生天翻地覆的變化嗎？Ⅱ、Ⅲ

6-4 為什麼熊貓常常在各種地勢滾動，卻還可以毫髮無傷？Ⅰ、Ⅱ

6-5 熊貓的叫聲為何可以千變萬化？（在人類語言聲調／犬吠／豬叫中切換）你期待它發出其他的叫聲嗎？Ⅱ、Ⅲ

底細：參考答案區

6-1 聽過，有可能是，但並不準確。根據《山海經》中記載的食鐵獸，說到其形似熊，毛色黑白，產於四川，符合我們對熊貓的認知，又有一說，認為熊貓是蚩尤戰敗的主要原因。

6-2 熊貓最顯眼的特徵便是牠身上黑白相間的顏色，與我們認知中的熊有很大的不同。牠們通常行動緩慢，較少行走，身材圓潤，生性愛玩，會與飼育員撒嬌，且十分聰明，能聽懂飼育員的話。

6-3 因為熊貓的眼球幾乎沒有白色區域顯露在外，周圍的黑色皮毛會增加吸收紫外線的面積，讓熊貓眼睛需要承受的刺激變小。人類世界改變的只有熊貓的外觀，認為其並不像從前討喜，但在熊貓的世界，也許會發生很大的改變，視力退化的速度大概率會增加、增快。

6-4 這是牠們的優勢，圓潤的身材，讓牠們可以做到以滾代步，且不會疼痛，比起用四肢行動，滾動的速度更加迅速，適合熊貓的慵懶個性與其較為臃腫的身材。

6-5 熊貓的智商大略等同於人類七、八歲的小孩，而孩子的確會學習周圍所有他聽到的話語，這可能是其中之一的原因；其二，可能是為了在野外生存時，需要能夠矇蔽掠食者或侵襲者的策略之一。如果熊貓可以做到發出其他不曾有的聲音，例如學習猛獸凶狠而低沉的聲音，相信會是動物界中的一大亮點，也更能保護自己。

7-1 foodpanda 的魅力為何？為什麼它被搭配為粉紅色與白色，而不是普通熊貓的黑白配色呢？ II

7-2 你注意到 foodpanda 的粉熊貓被剪耳了嗎？猜猜看是為什麼？ III

底細：參考答案區

7-1 方便且迅速，不需踏出家門便能得到大部分自身需要的物品。其原為橘色，改為粉色是品牌方希望在消費者間形成粉紅時尚，並認為粉紅色是能夠帶給所有人幸福的顏色。

7-2 注意到了，如果於貓狗，被剪耳的原因多半是因為被結紮，但熊貓是全球瀕危動物之一，並無結紮的需求，品牌方也未對此形象做出解釋，所以原因不得而知。

☞ 宇宙的奧祕與克蘇魯世界

前情提要：在回答下列問題前，請先確保自己有足夠的理智。

8-1 宇宙是冷漠的嗎？為什麼？Ⅱ

8-2 宇宙和大自然對你有意義嗎？你會賦予它什麼意義呢？Ⅱ、Ⅲ

8-3 你是無神論者嗎？請試著說明：「神」是人格化的神，還是非人格化的「東西／能量」？Ⅱ

底細：參考答案區

8-1 有可能。整個宇宙，甚至於高層空間的力量，往往是我們難以理解的，而人類之於整個外在的空間、宇宙而言，都是如此渺小而無力。宇宙對待我們，則如同對待螻蟻一樣不感興趣。

8-2 我認為有意義。如同《易經》所言「仰以觀於天文，俯以察於地理」，觀察自然的規律變化，從而能貫通萬物的道理，並投射到人事上，宇宙和自然象徵的是天地間的運行準則，也是萬物背後的基準。

8-3 不是。我認為二者都不是，但或許更偏向人格化的神一點，此外，祂同時所具有的，並不是「人格」，但祂本身也並不是「一團能量」，更像是內心蘊含著能量，對於眾生具有慈悲之心的存在。

9-1 人的恐懼來自於未知，克蘇魯神話是人們對未知世界想像的具象化。這是否
　　可以解釋在克蘇魯神話中，不管是神祇還是神話生物，其形象都令人們感
　　到不適，甚至是恐懼呢？Ⅱ

9-2 為什麼克蘇魯神話要以灰色、陰暗的氛圍來呈現它的形象呢？Ⅱ

9-3 你知道克蘇魯可以通過心靈感應、托夢、呢喃低語等與人溝通嗎？你覺得這
　　與《聊齋》語境中〈王六郎〉、〈伍秋月〉這幾個篇章中的「鬼」有什麼
　　關係呢？請閱讀篇章後，舉例說明。Ⅱ、Ⅲ

9-4 在你的生活中，有誰的氣質特別像克蘇魯神話中的神呢？請回想並描述。如
　　果這些特徵都被隱藏在人類的外表下，你會如何去理解人性？Ⅰ、Ⅲ

_____

_____

_____

_____

_____

_____

_____

_____

_____

_____

底細：參考答案區

9-1 或許可以這樣解釋，但卻有點置換概念。可以說是創作者在進行創造時，祂們的外型有些使人恐懼、有些無法令人辨識，這種形體、對象的「未知」，會帶給人們恐懼。因此，並非因為祂們是未知世界的想像，所以才使用令人「不適」的形象，而是因為這種未知本身就是恐懼。

9-2 因為它的故事內容，大多在講述一個獨立而龐大的系統，是一種世界以外的存在。對於人類而言，龐大、未知，某種程度上擁有支配的強大能力，會令人恐懼，故而其世界觀常是陰暗、詭譎的氛圍。

9-3 我知道。但我認為這與「鬼」的性質並不相同，克蘇魯神話給予我的感覺更類似於對人類的蔑視和玩弄，操作人類的心靈。《聊齋》這兩篇故事中的「鬼」，則留有人性，以不同的方式與人類溝通，如王六郎重情義，具惻隱之心，救下落水女子，最終成為土地公造福人民。

9-4 我有一個高中同學，他給我的第一印象像是來自異世界的人，幾乎不給予其他人回應，就連老師喊他，也只是垮著臉，經常低著頭喃喃自語。無論遇到什麼情況，他只會冷冷地站著，瞪大著眼睛環顧周遭。許多冷漠而陰暗的想法潛伏在我們的內心深處，藏在我們的外表下，不過，我仍相信最根源的人性，都是溫柔且善良的。

示範短文

短文一

　　我常夢到光怪陸離之事，一日，我夢中來了一位老龜，牠允許我問它五個問題，牠會用自己的理解作一融合性回覆，因為它認為萬物冥冥之中都有聯繫，即便問題看似不一，但真相之間卻能處處互通。

1-1 如果你有一塊可以預卜三件事情的水晶，你會想知道哪三件呢？

4-4「他界」與現實世界可以通過「香」來聯結嗎？

6-3 熊貓的眼圈為什麼是黑的？如果熊貓的眼圈是白色，這個世界會發生天翻地覆的變化嗎？

new1. 夢中所見的怪物們，是不是有可能存在於四維空間，時而與我們溝通？請您回憶一下，記憶中最令你印象深刻的一個怪物是什麼樣的，它當時想對您說什麼？

new2. 如果將氣功和水晶冥想聯繫到一起，想像一下，會有怎麼樣的發展呢？*

異界妙妙屋

　　老烏龜慢悠悠答道：「那隻怪物，在現實世界它憨憨呆呆，是被稱作『熊貓』的吧！在異界卻不然，熊貓慧根非凡，以柔克剛，能以圓融的球狀身姿，順滑地於坎坷道路上暢通無阻。萬物有陰陽平衡，如今你身處的現實世界也有『異界』作平衡，那裡會有許多事物呈現相反相成的狀態。」

　　在現實世界裡，熊貓的眼圈便是打開異世界大門的關鍵，如果其眼圈變白，月亮之眼也會被開啟。你可以這樣理解：正常情況下，人的瞳仁是黑色，眼球是白色。一旦異界大門開啟，由於天人合一，人在異界中的眼球會變為黑色，而瞳仁則變為白色，對應月亮就是瞳仁，黑夜則是眼球。

　　熊貓身泛奇香，流出的汗液是色彩不一的水晶球。

　　先說前者。在異界，任何一個角落都泛著這股奇香，這不僅是一種氣味，亦是一股能量，你可以暫且稱之為「氣功」。在現實世界中，人的一言一行都與異界互相作用。其實，萬物都有氣，只是現實中這種香氣被藏起來了，較為幽微，不容易被發覺；而在異世界，它卻能被放大，水晶正是放大這種

---

* 本篇文章另外設計兩個新題目，題號以 new 標示。

能量的工具之一。比如說，熊貓可以借「水晶之氣」幫助人類卜算未來，只是方法奇妙。我曾經以夢境的方式遇到過一隻大熊貓，它是圓毛的，那毛髮根根分明，油光發亮。牠答應為我預知三個問題，我想著道生一，一生二，二生三，三生萬物，看似只三個，實則蘊含萬物！於是，我問它：

「我從哪兒來？是誰？到哪兒去？」只見它汗液蒸騰，萬千水晶球登時閃爍，卻又在頃刻之間化為烏有。

「故常無，欲以觀其妙；常有，欲以觀其徼。你從無來，到有去。但此兩者同出而異名，同謂之玄，玄之又玄。你，便是眾妙之門。」它答道。

「我老烏龜是眾妙之門？」我問。

大熊貓回：「不只你是，我也是……世界萬事萬物，均是那眾妙之門！」大熊貓此時別有深意地望了我一眼，就煙消雲散了。

短文二

4-2 請回憶／想像一次你被「香氣」操縱的經歷，可以描述一下嗎？你當時有意識到「香」的作用嗎？

5-1 嗅覺是理性的還是感性的？嗅覺所帶來的情緒可以被替代嗎？

5-2 聽覺、嗅覺、味覺、視覺、觸覺，你認為哪一個最可以被捨棄？哪一個不可或缺？

8-1 宇宙是冷漠的嗎？

8-2 宇宙和大自然對你有意義嗎？你會賦予它什麼意義呢？

記憶沿襲

我們的生活充滿氣味，市場裡的生鮮瓜果、巷弄裡裝潢復古的咖啡廳、絡繹不絕的百年老店，這些香氣世代相傳。而每個人都有自己的標誌性香味，即使用了同樣香氣，也會因為體溫，產生不同味道，香氣似乎能代表個人的獨特品味，就好似香水擁有名字，我們就能透過味道聯想，甚至喚起生命中的某種記憶。

租屋房的小木櫃上擺著擴香瓶，打開房門，總有種去到飯店的熟悉感，以及周遭近似於二十五度的恆溫，像極了飯店房間給人的感覺。室友添置了

熔蠟燈，夜晚，燈光與香氣旖旎且繾綣，今天比平時更容易入睡。多虧洋甘菊的氣味帶來安定感，我意識到，香味對於人的作用如此神奇。於是，念書時、觀看影集時、進入睡眠前，我總是開一會的熔蠟燈，而它彷彿能讓人快速地進入或習慣於某個狀態，卻又代表在日常生活，其實它是操控人於無形的，且可以適時帶動人的情緒，不管是理性抑或感性。

　　人對於感官帶來的感受與影響，也許並不覺得稀奇。但如果今天失去其一的感官功能，乃至是更多的感官，是否能夠明白何種感官對你最為重要？這就像人可以透過嗅覺感知味道，透過味道帶動大腦聯想至熟悉的人事物，而嗅覺與味覺彼此也會相互牽絆。事實上，失去嗅覺，會對味覺產生極大的影響，就好比人會在嚥下不喜歡的食物前，屏住呼吸一樣。那麼，如何在失去視覺的情況下，說服自己吃下看不見的食物呢？我相信通過嗅覺帶來的衝擊其實遠遠不及視覺，這可用「眼見為實」稍做解釋。那麼聽覺呢？從嬰孩時期，我們透過聽來學習說，成長路上也不可避免透過聽來學習，但像垃圾車、救護車、社區廣播，全是通過聲音來通知與傳達意義，他們一點一滴地滲入人類的日常生活。感官可說是缺一不可，人們透過感官想像、連結、理解世界，但沒有一種感官可以被拋棄，也沒有一種感官重要（優）於其他感官，他們的功能彼此連結，也彼此制衡。

　　在利用感官感受世界的當下，宇宙於我們也許不是冷漠的，但宇宙本身卻是冷漠的。它存在自身運行的規律，並不會因為人類所需所求而有所改變，宇宙與大自然的變化，多半是人類為其賦予意義而產生的，如詩、詞、曲便是很好的證明。作者以周遭變化闡述自身或予以共情，宇宙與自然始終處於被賦予的地位，間接地接受人類的情感。

　　從香、感官到宇宙自然，一切無非是建立於人類的感受，人類為其標明意義，並談論他們的價值，讓萬事萬物展現、存在於世間的樂趣。

短文三

3 如果你可以設計一個祭壇，你會怎樣創造這個神聖空間？會用到什麼物品、什麼形式？

4-2 請回憶／想像一次你被「香氣」操縱的經歷，可以描述一下嗎？你當時有意識到「香」的作用嗎？

4-3「香」具有除穢淨身、還魂的效益，你知道嗎？你覺得這是為什麼呢？

8-2 宇宙和大自然對你有意義嗎？你會賦予它什麼意義呢？

壇前的領悟

　　陽光從窗櫺照入空蕩蕩的房間，白色的牆面呈現融化的奶油色，而我，幫木頭地板鋪上純色的地毯，腳底仍能踏實地感受到木板的硬度。之後，擺上幾個大書櫃，在拉門側邊的那面牆邊擺上一張矮桌，再幫桌面鋪上正好對齊的紅布和玻璃桌墊；接著，放上香爐和鑷子，將香料、花草和蠟燭整齊地排列在桌前；最後，掛上幾盞橘黃色的燈。

　　入夜，我將燈關上，拉上窗簾，些許的月光透了進來，香爐和盛裝香料的金屬盒子浮著細碎的光。我點燃蠟燭，心也隨著香蠟融化；沉靜的氣味逐漸在房裡的每個角落積澱，就像是進入靜謐的樹林之中，腳步聲踏實而平穩，在我的胸前迴盪。香氣撫平了我彎曲的背脊，我的筋骨變得鬆軟，慢慢地陷入香氣的深處。

　　我彷彿回到家裡的佛堂，香在拜墊前縈繞，而灰煙穿過紗窗，與遠方的夕陽相互交融，檀香則飄散在我的鼻尖上。不知不覺間，香改變了整個房間的氛圍，甚至使我的精神和肉體都隨之進入一種神聖的體感。香氣賦予人「印象」，而這種印象能帶給空間意義，影響人的意識；或許也是這個本質，自古以來，有人透過香的這種特性，將其用在淨身；另外，也根據不同種類的香，還能達到驅邪除穢的效果。同時，在改變氛圍之際，也使陰陽之間的界線變得模糊，人與外界似乎可以相互聯繫，與神、與佛的距離拉近，而對某些人來說，甚至還具有還魂的作用。

　　在朦朧之中，我閉上雙眼，黑暗撫拭我的身軀，宇宙和自然的存在是否具有意義呢？又或者，人與天之間的合一，只是一種單方面的認知，不過出自於人的獨斷罷了！然而，反過來說，宇宙和自然的意義，就在於它的循環和周行不殆，即使歷經變化，卻依然繼續著生生不息的流轉。而人作為生物，存在於自然之中，透過自然去尋找自身的意義時，宇宙和人類之間，就會相互賦予意義。因此，對我而言，自然既然能被看作為是科學的探求，也同時會與人的內在彼此連接著。

希望你更好

短文一

　　嗨！你的文章好玄妙啊！看來是個很奇妙，但不容易懂的故事，是不是給你的篇幅太短了，讓你沒辦法好好發揮呢？請問，為什麼「熊貓身泛奇香，流出的汗液是色彩不一的水晶球」（這和我看過的熊貓也太不一樣了吧）？而「我」、「老烏龜」、「大熊貓」最後又是怎麼遇在一起的呢？即使是「眾妙之門」，也要幫讀者打開門，才能一探究竟喔！

短文二

　　很喜歡你對氣味的描寫，文字細緻也很有畫面感，彷彿文章充滿了洋甘菊的味道，讓人很放鬆。你對感官的觀察也很仔細，文章散發你對宇宙的探索與理解能力。如果真要挑剔，就是後半段的文字稍微理性了點，若是加入些詩、詞、曲詮釋宇宙和大自然的方式，應該更有個人魅力。

短文三

　　透過香在房間的盈繞，自然聯想到家中的祭壇，讓氣味的發散有了內在感受與空間的意義，是一個很好的體驗描寫。尤其佩服你可以讓內心和自然有了對話的機制和可能，成功經營「寧靜致遠」的氛圍，也能感受到肉體和心靈極致的神聖體感。想建議你的是，在這樣的環境中，如果搭配點聲音（比如音樂）或更多描寫你與自己對談的內容，是不是考慮多跟讀者分享你的經驗呢？

第四編　大學這樣過

嗨，菜鳥，要來一點生活輔導嗎？

「你希望生活是制式化的，還是想來點不一樣的呢？」

洪翊綺、簡郁萱、徐培軒

主題說明

以普世價值觀而言，進入大學似乎是現代人生必經的階段之一。然而，有些人在順應潮流時，卻摸不清自身的定位和目標；有些人則早早確立方向，主動選擇了喜愛的校系就讀。令人好奇的是：主動或被動地就讀大學，是否會對生活造成不同的影響？而每所大學的規模不同，學校腹地大小不一，是否也會左右學生在精神、心理等層面的感受呢？

進入大學之後，自然會開啟新的旅途，打工、居住、選課這些事情，都和國高中相去甚遠。因此，如何獨立面對問題，與學會自己解決困難，應該是大學生活最重要的事！許多人會因為在大學面臨到的各種難題，或受到修課、老師、同儕的影響，導致價值觀產生蛻變。事實上，周邊的城市規畫、學校的位置，以及校園的大小，有時也不免會影響大學的生活規畫。比如說，地處市中心的學校，在飲食與休閒活動上的多元選擇，生活機能較好；相反地，地處郊區的學校，能夠選擇的東西較為單調，生活機能也較差。而在腹地較大的校園中，景觀的變化可以陶冶學生的性情，進而開闊學生的視野，甚至有些學校會提供校內公車、共享單車等資源；但也可能面臨校園環境維護困難，或是課間換教室花費過多的時間，以上種種，都是剛進大學的菜鳥需要重新適應的。

新鮮人是大學校園的寵兒，但也因為還是菜鳥的緣故，若不能三思而後行，可能開始虛度青春。因此，本主題想以過來人的經驗，提供菜鳥新鮮人一些「生活輔導」，祝福你們有一個嶄新而美好的大學生活！

問題引導

☞ 關於大一的吃喝拉撒睡

1-1 你是早睡早起派，還是晚睡晚起派呢？Ⅰ

1-2 你會因為天氣影響到上課心情嗎？如果會被影響是因為什麼理由？請說明。
Ⅰ、Ⅱ

1-3 面臨巨大壓力時，你會選擇什麼方式來放鬆自己呢？Ⅰ、Ⅱ

底細：參考答案區

1-1 我是晚睡晚起派，因為我的生活極其不規律，有時晚上需要趕報告，或是參加活動等，所以我沒有辦法做到早睡早起。

1-2 會，好天氣的時候身體會覺得體溫升高，但心情也跟太陽一樣熱情；反觀下雨時，心情就會變得非常鬱悶。另外，由於下雨出門很不方便，所有的精心打扮都會被雨淋得很狼狽，心情也會受影響。

1-3 當我面臨壓力時，最好的解決辦法是吃東西、看一部搞笑的影片讓自己放鬆、笑出聲來，抑或是睡上一整天。

2-1 你同意「早起的鳥兒有蟲吃！」這句話嗎？為什麼？ Ⅱ

2-2 你喜歡學校為你安排課程嗎？還是你想自己決定呢？為什麼？Ⅰ、Ⅱ

2-3 你會選擇在學校餐廳吃飯，還是點外送？理由為何？Ⅰ、Ⅱ

底細：參考答案區

2-1 我同意，但是我不能成為早起的鳥兒，因為起床的時間不是中午，就是上課時間太
　　倉促，所以我幾乎都餓肚子。

2-2 我喜歡自己排課，縱使學校為我們安排課程也是好事，但我認為自己排課更能有
　　「選擇權」，且可以完全決定哪些是自己「主動」想學的。

2-3 A. 我會選擇在學校餐廳吃飯，因為經濟實惠。
　　 B. 我會選擇點外送，因為學校餐廳選項太少、不合口味，尖峰時段還需要排隊。*

---

* 提供不同參考答案，以 AB 標示之。

☞ 當我們同在一起

3-1 你有遇過印象深刻的同學嗎？請稍做描述。（例：長相、個性、習慣……）
   Ⅰ、Ⅱ

3-2 當你外出時，會想要一個人，還是需要人陪呢？Ⅰ、Ⅱ

3-3 你覺得自己的人際關係好嗎？若是課堂報告需要找人分組，容易找到組員
   嗎？Ⅰ、Ⅱ

底細：參考答案區

3-1 有些同學會喜歡同時進行很多工作，但是沒有一項做得好，為此可能會連累同組成
   員的成績；有些同學可以透過不同的課程充實自己的大學生活，並積極拓展自己未
   來的可能性。

3-2 A. 我傾向於自己一個人，因為有時候自己出門不會有太多的顧慮，可以隨心所欲地
   去任何地方。
   B. 我傾向需要有人陪伴，因為我時常感到孤單，而且出門的時候有伴會比較有趣。

3-3 我認為自己的人際關係還不錯，通常報告的時候都能快速找到組員，會有朋友主動
   想跟我在同一組。

☞ 住好睡好

4-1 如果學校可以申請宿舍，你會選擇住在校內還是校外？請説明理由。Ⅱ

4-2 如果住家位於學校所在的縣市，會想要住在家裡還是在外租房？原因是什麼？Ⅱ

4-3 你是否覺得宿舍整潔非常重要？有哪幾種雜亂是無法接受的？Ⅰ、Ⅱ

4-4 你喜歡住在繁華熱鬧的市區，還是安靜清幽的郊區？Ⅰ

底細：參考答案區

4-1 A.我會想住學校宿舍，因為可以認識新朋友，加上校內相對安全，上課也更為便利。
　　B.我會想住校外，因為有自己的私人空間，也不用去配合別人的作息與生活習慣。

4-2 我會想住家裡，因為可以省錢省事，能夠在自己熟悉的環境，不用適應新的生活。

4-3 我覺得很重要，不能接受垃圾不分類、個人物品的放置影響到其他室友的空間；另外，長期使用酒精，頻繁使用快煮鍋，導致烹飪油煙沾黏到衣物上去不掉……等行為都讓我無法接受。

4-4 A.我喜歡繁華熱鬧的市區，因為交通便利、生活機能好。
　　B.我喜歡安靜清幽的郊區，因為生活不會被喧囂打擾，也可以接近大自然。

5-1 你認為住宿是否應該訂定生活守則？請舉例說明。Ⅲ

5-2 如果上課的地點離住宿（家）很遠，你會選擇搭乘交通運輸工具，還是走路前去？請說明理由。Ⅰ、Ⅱ

5-3 你在大眾運輸工具上，通常會如何打發時間？Ⅰ

5-4 你認為大學生需要汽機車駕照嗎？理由是什麼？Ⅰ、Ⅱ

底細：參考答案區

5-1 我認為需要訂定守則，例如：禁菸、不能半夜洗澡、不能半夜吹頭髮、不能半夜在寢室講電話或聊天、禁止酗酒回宿舍、禁止隨意拿取室友的東西、盡量不要在寢室吃重口味的食物……等等。

5-2 我會選擇搭公車，因為臺中市公車有市民優惠，可以省下不少錢，同時還可以欣賞市區風景，路程也不遠。

5-3 我會看看窗外的人事物、景色，或戴上耳機聽歌、滑手機，如果前一天較晚睡，也會利用時間稍微補眠。

5-4 A. 我認為需要駕照，因為汽機車可以四處趴趴走，不會受到大眾運輸制式路線的限制。

B. 我認為不需要駕照，因為現在大眾運輸愈來愈便利。

☞ 財神到～我家大門口～

6-1 你認為大學打工是必要的嗎？為什麼？請說明理由。I、II

6-2 如果選擇打工，你會在校內工讀，還是校外工讀呢？原因是什麼？I、II

6-3 如果選擇打工，你會選擇什麼性質的工作？（例：補教業、服務業、零售業……）III

底細：參考答案區

6-1 A. 我認為大學生打工是必要的，因為可以分擔父母的經濟壓力，也可以增加自己的社會經驗。

　　B. 我認為大學生打工不是必須的，因為我會以課業為重，未來也打算繼續升學為目標，所以打工並非大學的生活主軸。

6-2 我選擇校內工讀，因為學校的工讀會比較有保障，同時可以根據課表排班，也能根據工作經驗了解學校的運作方式。

6-3 我會選擇補教業，因為考慮目前就讀的科系，會想要累積相關的產業經驗。

☞ 今晚，我想來點「快樂學習」

7-1 當你有空檔時，你會如何打發時間呢（如使用 3C 產品、閱讀課外讀物、運動、旅遊、逛街……等等）？請說明原因。I、II

7-2 當你有空檔時，你會選擇外出還是待在家裡呢？請說明原因。I、II

7-3 如果將空檔時間拿來做休閒娛樂，你會產生罪惡感嗎？為什麼？II、III

底細：參考答案區

7-1 我會選擇使用 3C 產品，因為可以消遣時間，亦可以透過它上一些公開課，或是了解國際新聞。

7-2 我會選擇待在家裡，因為待在家裡可以不用有任何束縛，可以放鬆地做自己喜歡的事情。

7-3 在做的當下不會有，但事後會有點小反悔，因為認為自己原本可以更有效的利用時間，卻沒有善用到。但不至於有罪惡感，因為我本來就將這段空檔規畫成休息時間，俗話說的好，「休息是為了走更長遠的路」。

☞ 戀愛學分修不修？

8-1 你對談戀愛這件事有期待嗎？如果有，想要用什麼方式認識男女朋友？如果沒有，請說明原因。Ⅰ、Ⅱ、Ⅲ

8-2 如果想交男女朋友，你認為大幾是最好的時間點？請說明理由。Ⅱ、Ⅲ

8-3 你認為一個想談戀愛的大學生需要具備什麼條件？請舉例說明。Ⅰ、Ⅱ

底細：參考答案區

8-1 A. 有期待，因為上大學以前父母都不讓我交男女朋友，所以沒有戀愛經驗，想要嘗試看看。可以透過聯誼、校園活動、社團等方式。
　　B. 沒有期待，因為這不是我認為的大學生活重心，學生就該以課業為主。

8-2 大二下，因為大一的時候還是大學新鮮人，對於環境跟生活都還不熟悉，所以至少要到大二下會是個比較好的階段。

8-3 我認為應該具備以下條件：個性一定要成熟穩重，需要有上進心，對自己的未來有規畫與期許，要有主見，生活要有規律，不要有前科（背叛另一半）、陋習（抽菸、酗酒、嚼檳榔）……等。

☞ 我是一個有思想又有個性的大學生爹斯

9-1 你認為大學生活最重要的事是什麼？你的理由是？Ⅰ、Ⅱ

9-2 在大學生活中，你和什麼個性的人最不對盤，為什麼？Ⅰ、Ⅱ

9-3 你滿意現在所就讀的大學嗎？為什麼？Ⅰ、Ⅱ

底細：參考答案區

9-1 我認為最重要的是獨立思考與自主生活，因為這樣會更明白自身價值，以從容的態
　　度面對困境，並且提升自我能力，有機會將學習成果回饋給社會。

9-2 我無法接受自以為是、好高騖遠的人。因為做人要腳踏實地，蔑視、嘲諷他人等行
　　為，會讓我非常不舒服。

9-3 A. 我滿意現在就讀的大學，因為學校提供的師資與教學環境能讓我更有效的學習，
　　提升自我能力。
　　B. 我不滿意現在就讀的大學，因為與我想像中的學習環境不同，由於當初沒有考
　　上理想的科系，所以會覺得有些後悔。

10-1 你認為現在的自己是處在舒適圈嗎？如果是，希望來點不一樣的體驗嗎？
　　如果不是，你的理由是什麼？Ⅰ、Ⅱ、Ⅲ

10-2 你有規畫參加社團嗎？社團對於你的意義是什麼？Ⅰ、Ⅱ

底細：參考答案區

10-1 A. 我認為自己處在舒適圈，因為目前所就讀的科系是自己的強項，也是自己的興趣。但因為這是我的專長所在，我不認為需要迫切的突破舒適圈。
　　　B. 我認為自己沒有處在舒適圈，因為獨自來到陌生的環境就讀，對我來說就已經是突破舒適圈的第一步。我認為在這個陌生的環境當中，我也更了解自己。

10-2 我沒有參加社團，因為社團對於我來說不是必要的課外活動，不參加也不會對生活造成任何影響。

示範短文

短文一

1-3 面臨巨大壓力時，你會選擇什麼方式來放鬆自己呢？

3-2 當你外出時，會想要一個人，還是需要人陪呢？

4-4 你喜歡住在繁華熱鬧的市區，還是安靜清幽的郊區？

6-1 你認為大學打工是必要的嗎？為什麼？請說明理由。

7-1 當你有空檔時，你會如何打發時間呢（如使用 3C 產品、閱讀課外讀物、運動、旅遊、逛街……等等）？請說明原因。

關於大學生的尋找平衡，成長與幸福

在人生中，我們常常面臨各種壓力和抉擇，究竟要如何處理這些壓力和作出對的選擇，對於未來成長和幸福是至關重要的。當我們面臨巨大壓力時，找到放鬆自己的方式是必不可少的。對我而言，我通常會選擇尋找平靜和內心寧靜的方法，例如冥想、瑜伽或與大自然接觸。這些活動可以幫助我釋放壓力，平衡身心，並重新獲得內在的平靜和能量。

在外出時，我有時會想要一個人獨處，享受寂靜的時刻。這讓我可以專注於自己的思考和感受，探索內心的世界。然而，有時候我也會需要人陪，尤其是在需要分享和交流的時候。和朋友或家人一起外出，可以增加歡樂和連結，讓我們共同創造美好的回憶。

關於居住地的選擇，我喜歡住在繁華熱鬧的市區，因為那裡有豐富的文化、商業和社交活動。市區提供了無數的機會和便利，讓我可以融入多元化的社會，接觸不同的人和事物。然而，我也喜歡偶爾逃離城市的喧囂，選擇居住在安靜清幽的郊區。郊區的寧靜和自然環境能夠讓我恢復元氣，享受寧靜和與大自然的聯繫。因此，我認為在繁華市區和安靜郊區之間取得平衡，是一種豐富和充實生活的方式。

大學生活是一段寶貴的時光，而打工也是其中的一個重要環節。我認為大學打工對學生來說是一種寶貴的經驗。它不僅可以提供經濟上的支持，減輕家庭負擔，還可以幫助學生發展許多重要的技能和視野。打工可以培養學生的時間管理能力、溝通能力、團隊合作和責任心。同時，透過打工，還可

以學習到職場上的實際經驗，了解自己的興趣和職業目標。然而，是否需要大學打工還是取決於個人情況和目標，畢竟每個人都有不同的需求和優先事項。

最後，對我來說，大學生活中最珍貴的東西是學習和成長的機會。大學是一個豐富多彩的時期，有相當多的機會接觸到各種學科、結識到優秀的教授和同學。通過學習，不僅可擴展知識面，還能培養批判思維、解決問題的能力和創新精神。此外，大學生活還提供了豐富的社交和人際交往機會，可以建立深厚的友誼、參與學生組織和社團從中學習。這些寶貴的經驗和成長機會將成為我們一生中難以忘懷的寶藏，對我們的未來產生深遠影響。

總而言之，每個人都面臨著不同的壓力和抉擇，要如何處理這些情況將塑造我們的成長和幸福。找到放鬆的方式，選擇獨處或人陪，居住在熱鬧市區或寧靜郊區，以及是否從事打工，都是個人的選擇，也取決於我們的目標和需求。而在大學生活中，學習和成長的機會是最珍貴的契機，它們將成為我們一生中永難抹滅的回憶，以及對未來的重要影響。

短文二

2-1 你同意「早起的鳥兒有蟲吃！」這句話嗎？為什麼？

5-4 你認為大學生會需要汽機車駕照嗎？理由是什麼？

6-1 你認為大學打工是必要的嗎？為什麼？請說明理由。

7-2 當你有空檔時，你會選擇外出還是待在家裡呢？請說明原因。

9-1 你認為大學生活最重要的事是什麼？你的理由是？

大學生的內心探尋——自我與真實幸福的追求

在生活中，我們常常遇到各種格言和諺語，其中一個著名的說法是「早起的鳥兒有蟲吃！」這句話意味著努力和早起的人會獲得更多的機會和成功。雖然這句話有其道理，但我認為每個人都有不同的節奏和作息時間。有些人更適應晚上的工作或創作，而有些人則適合早起。重要的是找到符合自己的生活節奏和工作方式，而不是一味追求早起，卻忽略自身需求和健康。

關於大學生是否需要汽機車駕照，這取決於個人的情況和需求。對一些

人來說，擁有汽機車駕照可以提供更大的靈活性和便利性，特別是在通勤和外出活動方面。然而，對於某些人來說，他們可能更喜歡依賴公共交通或步行等方式。那是因為多數大學校園內的校園設施緊密，距離也不是太遠，步行和使用公共交通較為便利。因此，是否需要汽機車駕照，應是取決於個人的生活習慣、交通需求和經濟狀況。

對於大學打工的必要性，我認為這也是一個因人而異的問題。大學打工可以提供學生一個寶貴的機會，讓他們獲得實際工作經驗、學習管理時間和財務、培養職業技能等。此外，打工也可以減輕家庭經濟負擔，促使學生具備更多的自主性和獨立性。然而，是否需要打工仍是取決於個人的情況和目標。有些學生可能需要打工來支付學費和生活費，但其他人可能更希望專注於學業或參與其他豐富的活動。因此，打工與否，應該由個人根據自己的情況和目標做出適當的決定。

比如，當我去咖啡廳時，會根據當時的情況和需求做出選擇。有時候，我會喜歡享受一杯咖啡，與朋友或家人聊天，分享彼此的生活和近況，對那時的我而言，這是一個愉快的社交時刻，可以建立更深厚的情誼。然而，有時候我也會選擇專注於工作或學習，在咖啡廳裡做個認真的打工人；或者，因為咖啡廳提供舒適的環境和良好的氛圍，讓我可以專注於自己的工作，提高效率和創造力。所以，很多選擇其實沒有必然的對或錯。

對我來說，在大學生活中最珍貴的東西是學習和成長的機會。大學生活提供了許多學術和非學術的機會，讓我們可以探索自己的興趣和才能，拓寬知識面，培養各種技能，並建立長久的友誼。然而，大學生活也是一個充滿挑戰和機遇的時期，我們有可能面對不同的觀點和想法，進而培養批判思考和解決問題的能力。因此，對我而言，大學生活中最珍貴的是——成長為一個更全面發展的個體，並為未來的人生奠定堅實的基礎。

總結而言，每個人對於生活中的不同問題和選擇，端賴個人的觀點和需求。無論是早起與否、是否需要汽機車駕照、大學打工的必要性、在咖啡廳是要打工還是做自己的事，都取決於個人的情況和價值觀。最重要的是，我們應該根據自己的需求和目標做出適當的決策，才能尋找平衡和快樂的生活方式。

1-3 面臨巨大壓力時，你會選擇什麼方式來放鬆自己呢？

4-1 如果大學可以申請宿舍，你會選擇住在校內還是校外？請說明理由。

6-2 如果選擇打工，你會在校內工讀，還是校外工讀呢？原因是什麼？

7-1 當你有空檔時，你會如何打發時間呢（如使用 3C 產品、閱讀課外讀物、運動、旅遊、逛街……等等）？請說明原因。

10-1 你認為現在的自己是處在舒適圈嗎？如果是，希望來點不一樣的體驗嗎？如果不是，你的理由是什麼？

我的大學生活觀

　　就讀大學所面臨到的最大挑戰就是自己一個人生活，雖然學校寢室一般會有四位同學一起同住，但在互相不認識的狀況下，其實跟家裡的生活區別很大。而生活上沒有父母幫忙照顧起居，自然也產生許多不熟練的地方，進而延伸出各種或大或小的問題。對我而言，對大學生活影響最大的，應該就是來自室友及課業上的壓力。

　　長期以來，我在面對壓力時，一直就是憋在心裡，完全不處理的類型。往往要經過一段時間，才會發現自己的壓力已經累積很久，甚至具體表現在身體狀況上，比如特別累、失眠，胃痛……等，為此我開始學習如何排解、分散壓力。通常我會選擇觀看影片，影片的內容包括韓劇、綜藝，看 YouTube 上有趣的影片，或者聽音樂，搖滾、抒情對我都有療癒的功能。雖然上述方式並不能百分百排解壓力，但可以暫時不讓自己神經緊繃，過於疲累。我認為最好解決壓力的方式就是要根除掉壓力的來源，例如是室友很吵，就請他安靜一點；課業很重，就盡快安排時間做完……等。

　　這樣聽下來，或許會覺得住宿生活似乎會造成許多心理負擔，但讓我仍義無反顧選擇住在校內宿舍，其實是有原因的。第一點是離上課地點近，不需要因為一堂課多早起一小時準備或搭車，有更多的時間可運用，如休息、閱讀課外讀物……等等；第二點是學習宿舍集體生活，可以建立人際關係，如果在較破舊的宿舍可以安穩待上四年，對未來在外面工作要自己生活時的適應也會比較快；第三點則是學校宿舍通常比外面的房租便宜很多，可以幫父母減去不少經濟負擔。

綜合上述，通常有空檔時，我都會選擇在宿舍休息放鬆。雖然學習是好事，但在每天上課、打工，身體經常處於疲憊的狀況下，還是要利用有限的時間放鬆；否則整天鎖緊螺絲，等到身體與時間管理出問題，就沒有本錢在未來的職場遊刃有餘了。或許會有人問，既然這麼累，為甚麼還要打工呢？對我來說，在學校打工是很難得的經驗，先不論是甚麼類型的工作，在校園內相對安全的環境，提前體驗上班族的生活，除了累積工作經歷，也有助於畢業後的生活接軌。因此，打工就是踏出自己的舒適圈，不會只是一個光會念書，卻不通曉工作眉角的單純學生。現在的我，已經從過去制式化的日常走出來，在學業、人際關係、打工都有全新的體驗。我也相信未來的自己，一定會比現在更好！

希望你更好

短文一

看得出來你是個很能享受自處時光的大學生，但也是個有點兒老靈魂的大學生。文章中至少有三處以上（第一段，倒數第一、二段），提醒讀者要「把握當下，因為會對未來產生重大影響」，建議這種雷同的概念出現一次就好，否則就會有說教的意味。另外，你的豐富大學體驗，能不能舉出幾個具體的例子呢？好讓我們有向你學習的機會。

短文二

以「因人而異」的原則來發表觀點，是個很有智慧的談法。只是，挑選汽機車駕照和打工為本文的主要依據，其他在大學遇到的問題也可以比照辦理嗎？比如倒數第二段提到把握學習和成長的機會是大學最重要的，但如何具體落實才不會淪為紙上談兵呢？有智慧的你，可以再多貢獻一些嗎？

短文三

住宿、課業、打工三者，應該都是你的大學生活重心。那麼，讓打工在最後一段才出現，似乎有點晚耶！另外，雖然你有簡單提出解決住宿和課業的解決方式，但如何和很吵的室友溝通又不傷和氣？趕緊安排時間完成功課又不需熬夜傷身？在課業和打工之間如何找到平衡？希望你能再提供一些自

己的經驗喔！

大學必做的事

黃杉煦、張德憲、莊沛涵

主題說明

　　這個主題是為上大學的你所設計，其中分為七個小單元，分別對應的是剛入學的你（初心之映）、走進大學生活的你（凝夢之框）、想要交朋友的你（群類之網）、想念家鄉的你（懷鄉之綢）、計畫未來的你（荒火之燭）、進入職場的你（牛馬之鎖），以及經歷了大學生活回首過往的你（追憶之途）。

　　剛踏進大學時的你，會期待、害怕，或是有想挑戰的事情嗎？你想要在大學時試著實現理想，成為心目中的那個自己嗎？而在經歷過大學各式各樣的課業、社團、打工等活動後，會在其中學習到什麼？是否樂在其中？或是感到痛苦及疲憊呢？另外，你覺得什麼事情是上了大學後，必須去做的嗎？以過來人的身分回顧，其實從剛踏入校園的小大一，到活躍在社團的大二和大三，或者是即將踏入社會的大四，每個時期都有嚮往的目標。

　　當你在反思以上這些問題時，腦海浮現的答案便是屬於你的大學旅途。透過這個主題，在問答之中試著規畫「大學必做的事」，以及思考它的意義，搭配著循序漸進的小單元，讓你搭乘時光機從大學新鮮人開始啟航，並以全新的視角體驗大學旅程。

　　首先，我們將喚起你的初心和夢想，回想大學與高中的不同之處，在接觸大學的現實面後，會有什麼樣的反應；接著請思考在追逐夢想的同時，需要如何做好準備，你曾遇過挫折與阻礙嗎？在大學的群體中，你是否尋覓到值得一生交往的摯友；獨自在外地念書，是否觸動內心深處對「家」的依賴，連家鄉稀鬆平常的小事也變得像理不清的絲綢；接下來，慢慢貼近現實，嘗試理解自己的能力，也思考目前選擇的一切是否是自己真正想要的，是否曾改變念頭；當你進入職場後，要靠什麼在社會上立足；最後，帶你回顧大學這趟旅程的酸、甜、苦、辣，仔細儲存旅程中所帶來的收穫與經驗。

　　大學對每個人的意義都不同，或許是進入社會的敲門磚，也可能是一場

純粹的學習之旅。如果大學生活是一面鏡子，倒映在鏡子中的你，會是什麼樣子？它又把你磨成了什麼形象？當你看見自己在鏡子中千變萬化的倒影時，其實就是大學多元性的樣貌了。

　　祝福你！無論是在大學的哪個階段，都能做好心理準備，迎接各種未知與全新的旅程，並找到心目中「大學必做的事」，為這場旅程增添光彩，創造屬於自己生命的意義！

問題引導

☞ 初心之映

你，還記得你的初心和夢想嗎？保持，或是為了錢和生活放棄？大
學與高中的不同之處，是什麼？在接觸大學的現實面之後，你笑了？
還是哭了？

1-1 經過小學六年的懵懂、國中三年的莽撞、以及高中三年的努力，面對接下來
的大學四年，你要怎麼規畫呢？ Ⅲ

1-2 你會怎麼描述現在的你呢？你立足之處是在哪裡呢？你將往何處去？Ⅰ、Ⅲ

1-3 你還記得小時候的夢想嗎？現在的你依然憧憬，或有什麼改變嗎？Ⅰ、Ⅱ

1-4 求學路上也許一帆風順，也許跌跌撞撞，你從中學到了什麼？你會選擇繼續
向前還是轉彎呢？Ⅰ、Ⅱ、Ⅲ

1-5 回想大一入學時，你的初心是什麼？還記得嗎？Ⅰ

1-1 從小學到高中的 12 年，我生活在師長和父母的期待下，也許並不符合自己的興趣，但現在即將成年的我們，必須學會為自己負責，做出選擇。

1-2 像初生之犢，在一片迷茫的林中，嚮往著光亮的未來，要讓自己成長，相信自己總有一天能夠找到憧憬的夢想。

1-3 如果曾對別人訴說過夢想，那就比較不會輕易忘記。不過，過去的我們或許在一段日子裏覺得夢想太遙遠，因而選擇放下，所以有時候會因為放下，導致失去原有的目標而改變夢想。

1-4 大學和過去的求學階段很不一樣。有很多事得自己選擇、決定，如果不能在學習中培養興趣、找到方法，讀起來會更覺吃力。但我認為要常常自我提醒，既然這條路是自己選擇的，就不能輕言放棄，要接受挑戰，繼續向前。

1-5 遙想當年，成為大學生時天真浪漫，一切都讓我們兩眼放光，卻在新環境中不知不覺地放下初心。如今回想起來，到頭都是一場空，如果過於怠慢，初心就變得不重要了。

☞ 【凝夢之框】

　　在尋找夢想的同時，又有著什麼樣的阻礙？

2-1 你是考慮興趣還是未來的收入去選科系？當兩者產生矛盾時要如何抉擇？
　　Ⅱ、Ⅲ

2-2 新鮮人的你看過課表了嗎？你最想在大學修的課是什麼？ Ⅰ

2-3 如果不小心選到很硬的課，你會怎麼面對？ Ⅲ

底細：參考答案區

2-1 我是用興趣去選科系的。如果產生矛盾的話，我依然會堅定地選擇興趣，在興趣的
　　科系之內去做最大範圍的努力，並運用在自己未來的工作上，讓興趣與工作能夠有
　　最大程度的結合。

2-2 看過了，我最想修的課是日文系的日語語音學。因為想知道日語的發音與漢語的不
　　同之處，並與漢語的語音學結合，去探討日本人學習漢語時會遭受到的母語干擾。
　　在更了解日本語言之後，我也想規畫去日本的大學當交換生。

2-3 我會選擇先試著去修看看。我覺得「硬」不是最必須考量的因素，能在課堂中學到
　　東西比較重要，因此，我會先試著勇敢面對，如果超過自身能力太多，實在修不下
　　去，那時再退選也不遲。

3-1 想像一下，第一次上臺報告時，臺下數十對眼睛對著你，感覺會是什麼？
　　Ⅲ

3-2 到目前為止，在大學生活中最不適應的事是什麼？ Ⅰ

3-3 你的課程需要用到原文書嗎？你覺得困難還是容易？為什麼？ Ⅰ、Ⅱ

3-4 很不幸的，分組報告遇到雷隊友時要怎麼面對？ Ⅲ

底細：參考答案區

3-1 很緊張，畢竟是第一次上臺報告，我認為緊張是必然的，但是光是緊張也改變不了
　　什麼，所以好好把握時間練習，準備好再上臺才是上上之策。

3-2 最不適應的事就是有時候要查某些公開資訊會比較困難。因為沒有一個固定的管道
　　可以詢問，只能從自己手機的資訊，或是從特定管道接收到某些重要訊息，有時候
　　比較容易忘記或錯過訊息。

3-3 需要，我覺得日文的原文書十分的困難，幾乎每句話，都需要查字典，或者去理解
　　文法的意思，需要很強的外語能力才能勝任。

3-4 可以先和隊友溝通，再做協調。但如果隊友一直不配合，甚至置身事外，此時可以
　　告知老師情況，或建議老師調整自己與隊友的成績比例，畢竟不同工的人應該也要
　　不同酬，不做事的隊友，沒有資格共享分數。

☞ 群類之網

你喜歡社交嗎？大學的社交場合與高中截然不同，要用怎樣的方式，拓展自己的交友圈？想要在什麼樣的場合尋找另一半？聖誕節的時候，沒有另一半會孤獨嗎？

4-1 你上大學以後，會想找男／女朋友嗎？條件是甚麼？ II

4-2 如果有心儀的對象，你會告白嗎？當告白被拒絕時，你會怎麼做？ III

4-3 如果找人去看夜景，你會找誰去呢？想像一下，你們在星空下的耳語會是什麼內容？ III

底細：參考答案區

4-1 上了大學後，我想要找跟自己價值觀相近的男女朋友，以及可以一起向前努力的男女朋友，我認為，有對方的支持，往目標前進的時候會更有動力。

4-2 會，當我告白被拒絕時，我會尊重對方的選擇，畢竟感情這種事情是勉強不來的，對此我也只能尊重和祝福。

4-3 我會想和一個大二英文課認識的同學，去清水的鰲峰山看夜景。我認為，星空下的耳語，會是白天不好意思對對方說出口的悄悄話吧！

5-1 你有什麼興趣或專長？學校有社團吸引你嗎？如果有，是什麼？如果沒有，又是為什麼？Ⅱ

5-2 你有參加過任何社團的活動嗎（不分校內外）？如果有，在活動中遇過最難忘的事是什麼？可以描述一下嗎？Ⅰ

<hr>

底細：參考答案區

5-1 我的興趣是游泳，所以參加了游泳校隊，這不僅可以保持身體健康，也可以把游泳當成一項專長練習。學校的潛水社也十分吸引我，可以讓我學到許多與游泳不一樣的東西。

5-2 有，讓我最難忘的是大專盃，因為這是我第一次正式參加游泳比賽，雖沒得獎，但也不失為一次難忘的經驗。

☞ 懷鄉之網

　　到了外縣市讀書，最想念家鄉的什麼？食物、家人、中學時期的朋友？或者是，那可思念又不可說出的鄉愁呢？

6-1 你對高中生活有什麼印象？請試著描述一下。Ⅰ、Ⅱ

6-2 離開家鄉到外地讀書的你，對家鄉和家人有什麼思念嗎？Ⅰ、Ⅱ

6-3 你曾經在宿舍失眠嗎？那是一個什麼樣的經驗？請試著說明。Ⅰ、Ⅱ

底細：參考答案區

6-1 印象中的高中生活，就是每天早上六點起床，七點就得到學校吃早餐、清掃、早自習，接著就是一整天緊湊的課程，到了晚上又得晚自習或補習。當下的自己只覺得疲憊，十分嚮往大學自由的生活，不過，現在卻懷念那時與同儕一起努力奮鬥、互相督促、一起想像未來的日子。

6-2 我是一個很容易想家的人，也因為這個原因才選了離家鄉不遠的學校。我很喜歡和家人一起生活的日子，這會帶給我滿滿的安全感與歸屬感。

6-3 我是一個只要有煩惱就難以入眠的人，因此我時常失眠。我失眠的原因大多數是為了家人。當時得知家人的身體狀況出問題，需要到醫院治療與檢查，我就擔心得睡不著覺，希望家人平安健康。

7-1 你曾經翹課過嗎？是在什麼情況下？請試著說明。I、II

7-2 你曾經作息不正常，導致日夜顛倒嗎？那是什麼情形？請試著說明。I、II

7-3 假設一整個學期都不回家，想像一下會發生什麼事情呢？心情會受影響嗎？
　　III

底細：參考答案區

7-1 是，我曾經翹課過。有一次是因為生理期，因為我生理期時，是會痛到需要掛急診
的程度。也可能是因為生病、有急事、睡過頭……等，都是我可能會選擇翹課的原
因。

7-2 會。當我看到喜歡的漫畫或戲劇，我會為了看完它們而熬夜。因為熬夜而晚起，因
為太晚醒而晚上睡不著，這樣惡性循環，造成了日夜顛倒。

7-3 我可能會很痛苦。我平均兩週就回家一次。如果真的整學期沒回家，我的家人會非
常擔心我；我也會非常想念家人，以及媽媽和奶奶的拿手好菜。

☞ 荒火之燭

大學的課業，真的是如同自己想的一樣嗎？想要轉系或是前往更好的學校嗎？你覺得，大學的課業，自己能夠應付嗎？

8-1 你了解自己的能力了嗎？偏好什麼樣類型的課程？ Ⅱ

8-2 什麼原因可能會導致延畢？你會為了避免延畢而有所規畫嗎？ Ⅱ

8-3 為了讓自己的生活更充實，或打發無趣的生活，你想過培養更多的興趣嗎？那會是什麼呢？ Ⅲ

底細：參考答案區

8-1 我對自己的能力已經有充分的理解，希望能發揮自己的價值，最好是自身專業的延伸，並與職場接軌的課程。

8-2 延畢的原因可能是雙主修導致的衝堂，這種事屬於不可抗力。即使先以現在的課表進行規畫，也可能會因為校務產生變化，導致計畫停擺；但即使如此，也要盡可能把握時機，做好準備，盡力學習。

8-3 人類是很容易感到無趣的生物，這是因為腦內多巴胺分泌系統，獎懲機制讓我們不會停留在一件事物上，因此會想去培養更多不同的興趣，而大學就是一個很好的地方。我曾經羨慕可以自彈自唱的同學，會想參加吉他社，培養興趣，也增加吸引力。

9-1 請試著想一想,你最希望未來的你成為什麼樣子? Ⅲ

9-2 想像一下聖誕節要怎麼過?是和什麼人?會去哪裡?那是什麼樣的心情? Ⅲ

9-3 想像你順利的度過了大學四年,你會想去哪裡?和什麼人一起?拍什麼樣的畢業照?這對你的意義是什麼? Ⅲ

底細:參考答案區

9-1 我希望有穩定的工作,還能有愉快的休閒生活。假日可以在柔軟的沙發上翻閱喜歡的書,聽著悅耳的音樂,甚至有一隻可愛的貓陪伴。

9-2 聖誕節很適合去美術館,看一些平常看不到的東西,當然也可以順便買一件能了解展覽的紀念品。只是看著這件紀念品,就會覺得未來是與「他」一同完美,但絕不會對他說在聖誕節的美術館裡,其實最美的是「你」。至於心情嘛,如果和喜歡的人一起過聖誕節,應該是愉悅幸福的吧!

9-3 不管去什麼地方,都要和喜歡的人一起去才會開心,所以我想和那樣的人們一起拍一些老套的照片(一起跳起來,擺同一個 pose 之類的)。至於地點就是有共同回憶的地方,因為畢業照的意義就是四年記憶的凝聚。

☞ 牛馬之鎖

　　到了大四，快要畢業的你，想要繼續讀書還是工作？進入職場之後，在這個社會上，打算如何立足？

10-1 根據自己的特質與喜好，你會想要找什麼類型的實習？Ⅰ、Ⅲ

10-2 你怎麼看待實習這件事？實習薪水的高低重要嗎？Ⅰ、Ⅲ

10-3 你認為未來的職業一定要與自身就讀的科系相關嗎？為什麼？Ⅰ、Ⅲ

底細：參考答案區

10-1 我喜歡有變化的生活，希望有一個能發揮創造力的環境，因此會希望進入新創公司擔任實習生，同時在公司建立人際關係網，為未來的就業建立好基礎。

10-2 實習是為了與職場接軌，進一步的學習，所以我認為薪水並非重點，如果真的要討生活就該直接就業。

10-3 我不認為未來職業一定要與科系相關，因為我反對將人依能力劃分為某項工作的工具。人應當有自己所愛的目標，去完成喜愛的事物，才是勞動帶來價值的真諦。

11-1 如何規畫自己的大學生活費用？家裡提供？打工？或其他的途徑？ Ⅲ

11-2 你認為大學生找打工的原因，是為了累積職場經驗還是賺取生活費？還是有其他原因呢？ Ⅱ

11-3 假設你原本住在學校宿舍，會考慮搬出去住嗎？原因是什麼？ Ⅱ

底細：參考答案區

11-1 我大部分的花費都在吃與住，因為這兩者是生活的優先順序，好的環境與飲食是健康的關鍵。而生活費是由家裡提供，雖想過去打工，但還是覺得應先顧好課業比較重要。

11-2 每個人做每件事的原因可能不盡相同，但就我看來，應該是職場經驗與生活費都有。因為身處這個時代的我們，會因為領取的工資而被定義價值，如果沒有經驗，未來價值就會比相同條件、有經驗者還要低。

11-3 我在大二時搬出宿舍，原因有三點：首先是對於室友的厭惡，一顆腐敗的果實會讓你一輩子害怕一種水果；其次是對於作息的調整，群體生活要配合他人，但每個人都有自己的節奏；最後是對於心靈的休憩，有一種聲音要一個人時才能聽見，自己的心聲有時是被隱藏起來的。

☞ 追憶之途

遙想大學的這四年，各種酸甜苦辣，你最懷念的時光是什麼？在大
學的這段日子，你覺得時光匆匆，還是長夜漫漫？

12-1 回想你在大學期間遇過最開心的事，原因是什麼？Ⅰ、Ⅱ

12-2 回想你在大學期間做過最後悔的事，那是什麼情況呢？Ⅰ、Ⅱ

12-3 試著敘述在大學期間最令你難受的事，它帶給你什麼感受？Ⅰ、Ⅱ

12-4 還記得大學生活印象最深刻的事嗎？當時是什麼心情？Ⅰ、Ⅱ

底細：參考答案區

12-1 是在社團活動的時候。和一群志同道合的朋友相聚在一起，完成各式各樣的活動與表演，過程非常開心愉悅。因為相同的喜好，讓大家從陌生人變成一起追逐夢想的夥伴，我覺得這是很難得，也很幸福的一件事。

12-2 我後悔沒有多修一點課。不是為了多拿學分，而是應該讓自己更增廣見聞。只可惜當初自己還有打工的顧慮，沒有機會能夠多修一些有興趣和有用的課程，如果當初能有更好的時間規畫就好了。

12-3 梅雨季節的校園，不論是去學校途中、在教室上課或是走在校園裡，都飽受大水螞蟻的侵襲。下雨天曾讓我全身濕透，書本也一起遭殃，到教室時甚至為了躲避大水螞蟻的肆虐，老師還關燈上課，那時完全沒辦法專心聽課，感到非常痛苦難受。

12-4 剛入學的分組小隊活動。那是我第一次見到陪伴我大學四年一起上課的好朋友們。當時大家剛念大學，對一切事物充滿好奇，臉上還帶點青澀和稚氣，一晃眼四年過去，即將各奔東西，但我卻對當年懵懂的大家印象深刻。

13-1 在大學期間，你曾經對自己科系所學的內容迷惘過嗎？原因是什麼？Ⅱ

13-2 如果時間可以倒轉，你還會選擇一樣的大學／科系嗎？原因是什麼？Ⅱ

13-3 想像一下現在的你即將畢業，你會對那個剛升大學的你說些什麼呢？Ⅲ

13-4 你即將要畢業了，請試著用一段話描述現在的你。Ⅲ

底細：參考答案區

13-1 有，因為中文系的我太常聽到別人揶揄說：「中文系出來要幹嘛」、「中文為什麼還要讀？」起初我也擔心自己是不是未來「沒出路」，但在深思熟慮後，我認為中文系帶給我的不會只有未來發展能有多少優勢，而是心靈層面的提升；只要有勇氣嘗試，不論什麼科系畢業，都能找到最適合自己的工作。

13-2 會。撇除我本身對文學就非常感興趣，其他科系不大吸引我外，我一直都相信上天的安排，不論好壞自有他的原因，如果當時的我做了別的決定，我也許不會在這邊遇到這些人、這些事。即使別的選擇可能更好，但我仍會選擇走與原先相同的路。

13-3 高中老師說「上大學你就可以隨便玩了」的話不是真的！也許課業壓力不如高中大，因為大學的你可以選擇自己擅長的領域來學習，但與高中更不同的是，你要學會自己做決定、為自己的人生負責。

13-4 像是剛學會飛翔的鳥，即將拍動翅膀離開溫暖又熟悉的窩。帶著家人的鼓勵與祝福，踏上自己探索生命意義的旅程。在不知不覺中，成為所謂的「大人」。

短文一

1-4 求學之路上也許跌跌撞撞，你從中學到了什麼嗎？你會選擇繼續向前還是轉向呢？*

1-5 捫心自問，你還記得自己的初心嗎？

2-2 你看過課表了嗎？進入大學你最想修的課是什麼？

8-2 假設你延畢，原因可能會是什麼？你會為了避免延畢而有所規畫嗎？

10-3 你認為未來的職業一定要與自身就讀的科系相關嗎？

大學之路的省思

　　人的一生中，有許多事是進入大學後才能做的。像是將自己的人生規畫融入到大學生活之中，使其變得多采多姿；而大學的課業，正是許多人會遇到的難題之一。我雖然一路跌跌撞撞，但也從中學習知識與思考模式，認真自我扣問：在就讀的科系中，我到底學到哪些有用的知識？

　　在我的觀察中，大學生的課業煩惱不外乎就是選課、延畢、轉學、轉系等問題。以我自己為例，大學中最想修習的課雖沒有固定的類型，但都以實用性為主要考量。在雙主修科系規定必修的課程外，其他一些選修課的決定原則，不僅會思考自身的興趣，也作為建立未來能力重要資產去衡量，不會輕率跟風。而「延畢」的思考對雙主修生相當重要，必須慎思再三才做決定。因此，我對延畢的態度是，如果為了在學校持續學習、深化能力，而不急促地修完學分「準時畢業」，對我來說，其實是十分值得的，因為除了擬定修課計畫，同時也能進一步思考未來的走向。

　　事實上，我周遭有不少人曾經在堅持與放棄初心的部分掙扎過，他們從一進大學校園就相當不滿意自己考上的科系，幾乎把所有的重心都放在轉學考（或轉系申請），但最後非但沒有轉學（或轉系）成功，甚至還把原來科系的學分搞得滿江紅。因此，我認為將初心與現實相比，似乎沒有初心，就會失去做事的動力，將初心看得比現實重要，美其名是為了實現夢想，但不在乎現實的結果，往往可能失去最基本的部分。

---

* 短文一使用的題目都經過調整，目前註記是原始的題目編號。

最後，我想說的是，未來的工作雖然不一定要與自身科系密切相關，但是能將自己的所學學以致用，思考和未來工作融合的可能，其實也是一種不錯的選擇。

短文二

1-2 你會怎麼描述現在的你呢？你立足之處是在哪裡呢？你將往何處去？

3-1 想像一下，第一次上臺報告時，臺下數十對眼睛對著你，感覺會是什麼？

3-4 很不幸的，分組報告遇到雷隊友時要怎麼面對？

9-1 請試著想一想，你最希望未來的你成為什麼樣子？

13-2 如果時間可以倒轉，你還會選擇一樣的大學／科系嗎？原因是什麼？

我是透過分組，認識自己的大學生

我是誰？我在哪？我要做什麼？這是所謂的哲學三連問，每時每刻都要思考的問題。不過，我認為要先知道自己的某些特點，才具備回答的能力；而要知道自己的特點，就要走入人群，進一步建立認知的模式，如此認識到的自己，才具有可信度。

就像第一次上臺報告時，被臺下的同學們與老師看著，內心會感覺到異樣，甚至是手腳發軟，其實是很正常的。因為「上臺報告」這一個過程是客體化的，擔心自己在他人眼中留下固化的印象，所說出來的每一個字，在臺上的每一個動作，都會被記錄著，因此有些鮮少上臺的人會肢體僵化、吞吞吐吐、手足無措，羞赧到很想找個地洞鑽進去。不過，報告通常是以小組為單位，在大學生涯中，團隊協作能力可以藉由課程分組活動而提升，有些人擔心會遇到不認真、不負責任或時常缺席的組員，甚至是不合拍的同學，因而排斥分組報告，更不願承擔小組成敗的上臺報告者。但進一步來看，小組報告其實是建立在人際關係的互動基礎上，必須從雙方平等的基礎出發，加上多數的同學都會在意成績，因此，與其擔心遇到「雷」組員，最重要的應該是如何進行溝通。在溝通的過程中，不僅分配工作的職務，也需要互相協助，一起解決問題，並從中認知自己的能力。所謂「三人行，必有我師焉」，分組報告有機會向組員學習自己所缺乏的部分，進而看到自己在小組、班級

或是未來社會可能擔當的「角色」和「位置」，在衡量自己能力的過程中，有機會逐漸確立未來的目標。

從當代物理學來看，時間沒有倒轉的可能。所以，做為一個大學生，我不會只思考對當下是否滿意，我也清楚自己不會改變當年的選擇，並不是說我的選擇有多麼睿智，而是現在的我們都是過去唯一的選擇，而現在的選擇則會帶給我們未來的無限可能性，讓我們去想像未來的模樣，那是願景，是目標，也是人生必經的旅途。

短文三

1-5 回想大一入學時，你的初心是什麼？還記得嗎？

2-1 你是考慮興趣還是未來的收入去選科系？當兩者產生矛盾時要如何抉擇？

8-3 為了讓自己的生活更充實，或打發無趣的生活，你想過培養更多的興趣嗎？那會是什麼呢？

12-1 回想你在大學期間遇過最開心的事，原因是什麼？

13-3 想像一下現在的你即將畢業，你會對那個剛升大學的你說些什麼呢？

我是重考生

大一剛入學時，我對於一切新的事物充滿著好奇，迫不及待想要開始這段嶄新的旅程。我想像大學生活即將跳脫國高中時期的拘束，將進入更加廣闊，更加自在的生活，大學生的我也將擁有話語權和自主權。我期許自己在修習課業之餘，要把握時機多方嘗試各種不同的事物，在青春的頁面寫下更多美好的回憶。

其實，我是比同學年長一歲的重考生！我曾經讀過半年的醫學檢驗系，當時受家人的影響，希望以未來收入為考量挑選科系，埋頭苦讀的我，順利考上醫學檢驗系。不過，就在讀完一學期後，我完全後悔了，因為很清楚自己對文科的喜愛遠遠超過理科，我，完全不適合這樣的科系啊！最後只好選擇放棄，一切歸零。重考生的我，將興趣作為選系的主要考量，是的！東海大學中文系，才是我的興趣科系。由於親身體驗過興趣與收入的抉擇，踏上重考之路的步伐是堅定的，對我而言，興趣比收入更重要，即使未來工作可

能沒有比之前的科系來得高薪，我也不會後悔這個決定。

　　選擇興趣就讀的好處是，中文系是自己喜愛且擅長的領域，除了能夠顧好課業不讓父母擔心外，還能在閒暇之餘探索其他興趣，充實大學生活。於是，我加入了感興趣的歌唱研習社，參加過大大小小的駐唱和表演活動，讓自己的大學生活更加多彩多姿。幾年下來，在社團和一群志同道合的朋友一起追逐夢想，相互砥礪、勸勉，這就是我所追求的幸福。

　　現在的我即將畢業了，雖然感嘆大學生活光陰似箭，但一切走過的路歷歷在目，彷彿才發生不久，現在卻已成回憶。我想和當初轉學的自己說，「謝謝你經歷猶豫、徬徨，最後還是勇敢地走向自己的興趣！現在的我也不會辜負你的期望，我會將這四年所學的好好發揮，創造更璀璨的未來！」

希望你更好

短文一

　　我可以強烈感受到，你是個有想法，也知道辨別優先順序的人。在原則和省思之間，有沒有可能和我們進一步分享，所謂「實用」的課程是怎麼判定的？如果遭遇修課時的學習困難，你又會怎麼解決呢？多點實際例子的舉證，會讓整個文章讀起來更有印象！

短文二

　　透過分組報告的人際關係去認識自己，真的很酷！而你以活在當下，向未來寄望的方式投注夢想的態度，我發現你是個不受過去綑綁，積極前進的年輕人，真的很讚！不過，如果可以更實際地寫一些分組的實況報導，組員間互動的言詞、表情和溝通的過程，我會更佩服你呢！

短文三

　　能勇敢做出重考的決定，確立自己的目標，你是個聰明的人！可惜的是，你沒有和我們分享就讀中文系是怎樣地如魚得水？在哪些課程中發現自己更多的興趣和成就感？大學四年學到哪些本事？可以讓你對未來毫不擔憂，也充滿自信呢？畢竟你是為了念喜歡的科系而重考，而不是因為社團啊！

寫作見習區

感情的天平

林楚翎

主題說明

　　人生中有許多需要面臨的情感問題，有和父母、兄弟姊妹間五味雜陳的親情；有和同學、朋友、同事之間變化萬千的友情、還有和情人之間酸甜苦辣的愛情。正值青春的你，如果可以好好學習，認真面對，克服感情上的難關，不僅可以替未來的人生做準備，也可以對現階段的自己有所幫助。感情的世界會遇到各式各樣的問題，像是異地戀如何維持？親人間不同的價值觀，如何取得平衡？以及朋友間如何真心對待？

　　針對年輕的你，本主題設計了三個單元，首當其衝是愛情問題，透過這些引導，你將獲得在愛情海航行的技巧；第二個提出的是友情問題，希望在擁有愛情外，你還能結交推心置腹的朋友；第三個問題將透過打工的視角，觀察職場的面向，幫助你對社會有進一步的認識。

　　也許你會認為這些問題離你還很遙遠，也或許不是你立刻會面對的，但人生多變，誰能預測是未來先到？還是無常先到呢？有人可能打算一輩子單身，誰會料到，你就在校園中遇到真命天子；說不定你真心以待的閨密，竟然一夕之間變成你的情敵；也或許一個意外來到，你必須辦理助學貸款，打工賺取自己的生活費。因此，如果在問題來臨前，我們能夠提早設想，一旦發生變化時，才不致於手足無措，也能輕鬆以對。

問題引導

☞ 航向愛情海

1-1 你認為單身好？還是有另外一半好呢？什麼時候適合談戀愛？原因是什麼？ Π

1-2 你認為一段感情中最難經營的是什麼呢？為什麼？ Π

底細：參考答案區

1-1 A. 單身很自在，不需要跟任何人報備，能有自己的時間和自己相處，獨立完成很多事，不用遷就另一方的意見，在做許多決策時也不需要多方面考量，做起事來也不會綁手綁腳。

B. 有另外一半比較好。情感能有所依附，面對困境有人能一起面對承擔，分享生活中的種種話題，開心時有人替你開心，難過時也有人陪著一起難過。

我認為高中階段就蠻適合談戀愛的，那時的感情很純粹，目標理想比較相似，生活圈比較接近。

1-2 我覺得互相信任的經營最困難。談戀愛時，要給對方更多理解和包容，因為每個人都有不同的成長背景以及價值觀。在建立親密關係時，難免需要時間磨合，但相信對方都是以最認真坦承的態度面對感情，彼此不輕易猜忌、懷疑，兩人也應該有自己獨立的生活重心，不一定做什麼事都要綁在一起。我認為兩個人一同進步才是一段健康的關係，如果沒有信任，感情會一直卡在互相懷疑的狀態，很快就會感到疲累，無法維持。

2-1 你覺得遠距離的愛情有優缺點嗎？那是什麼？要如何維繫感情才不會變質呢？ Ⅱ、Ⅲ

2-2 如果分手了，該如何放下一段感情？你會如何處理？ Ⅲ

2-3 如果已經有固定的交往對象，你認為還能和異性單獨出去嗎？原因是什麼？ Ⅱ

底細：參考答案區

2-1 遠距離因為長時間不能見到面，在日常生活上更應該積極分享生活，就算對方不在身邊，還是有參與到對方的生活。一旦彼此沒有分享的習慣，感情很容易生變，雖然不分享的優點是彼此有各自的交友圈，更多的私人時間，但最重要的還是要坦誠相待，不欺騙，不隱瞞，請記住，誠實才是維繫感情唯一的方法。

2-2 將重心轉移，做自己喜歡的事，分散注意力，不要一直深陷在情緒裡。多走出去看看外面的世界，和朋友聚聚，以及多陪陪家人。也可以培養更多興趣，讓自己成為更好的人，鼓勵自己重新出發，並學習與自己相處，告訴自己，每個人與生俱來都是獨立的個體，失去他並非失去了全世界。「天涯何處無芳草，何必單戀一支花？」

2-3 應該事先報備、互相溝通，彼此都有交朋友的自由和空間，並以不逾越越矩為底線。對彼此有足夠的信任感，不過多的猜忌，才是維持感情最重要的方法。而且，也不需要因為談戀愛，就犧牲自己的交友圈，否則萬一分手，卻發現自己一無所有，得不償失。我認為原來的社交生活還是要好好維持，只要拿捏好分寸，雙方互相理解，畢竟戀人和朋友是不同的感情需求，絕對可以同時擁有的。

☞ 朋友一生一起走

3-1 你認為友情中最大的地雷是什麼？你曾經遇到過嗎？最後是怎麼解決的？
　　Ⅰ、Ⅱ

3-2 你對朋友的定義是什麼？你認為友情最理想的狀態為何？請分享。Ⅰ、Ⅱ

3-3 如果朋友的表現比你優秀，你能真心祝福朋友，並為他成功感到開心嗎？
　　Ⅲ

底細：參考答案區

3-1 不論在友情還是愛情上，真誠和坦承都是最重要的事，最大的地雷莫過於欺騙和背叛，使別人在情感上受到傷害，名譽上受到損害，會有這種情形發生，多半是因為沒有替對方著想。我曾輾轉得知最好的朋友在背後說我的壞話，後來發現是誤會，也有好好溝通，所以現在我們還是很好的朋友。

3-2 在無助迷惘的夜晚，總會二話不說地撥通他的電話，不會擔心造成對方的麻煩，也非常確定對方能完完全全接住所有負面的情緒。在開心想分享喜訊時，有人可以報喜；面對困境低潮時，能有人傾聽，給出建議和安慰；即便對方幫不上忙，只要他願意陪在身邊就能無所畏懼，就是友情最好的狀態。

3-3 如果真的有把對方當成推心置腹的朋友，對方成功，一定會為他開心，甚至感到自豪。有如此成功的朋友，會在心裡忌妒的，絕不會是真心的朋友，那只是見不得別人好的小人，是朋友就會真心地祝福對方。

4-1 你認為維持友情最重要的條件是什麼呢？ Π

4-2 你認為在友情和愛情之間要如何選擇？ Π

☞ 打工大小事

5-1 打工時，你會選擇低薪，但性質較為喜歡的工作？或是高薪，但性質並不喜歡的工作呢？原因是？Ⅱ

5-2 你知道打工者面試時，最常被問的問題是什麼嗎？（請想像面試場合，並試著回答）Ⅲ

底細：參考答案區

5-1 我會選擇低薪，但自己喜愛的工作。因為不是自己熱愛的事，賺再多錢我都不會感到開心；每天上班沒有靈魂，做起事來十分痛苦，但做的是自己有興趣的事時，酬勞不高也能樂在其中。

5-2 「為什麼選擇我們的公司？如果有別家公司開出更好的條件，會如何取捨？」我認為面試的態度是要充分展現真誠，以及對這份工作的渴望及熱忱，並非高薪能替代的。而我會提出面試前準備的資料，希望展現我對公司的看重和任職的高度意願。

6-1 如果在打工現場，發現同事正在偷懶，你會怎麼處理呢？ Ⅲ

6-2 你認為打工的同事，有機會成為真心的朋友嗎？請分享看法。Ⅱ

6-3 打工時如果做錯事被老闆責罵，又被扣薪水，你要如何面對？若是遇到奧客
刁難，你又會如何解決呢？ Ⅲ

底細：參考答案區

6-1 我會盡力做好自己分內的工作，如果對方影響到我，我會和他溝通，說出我希望的
分工方式，依舊沒有改善的話，我會告知上級主管。

6-2 同事的組成，只是為了完成工作目標，做好分內的工作，所以，同事沒有必要一定
要成為朋友。工作能力強，有效率，但在性格上未必是契合的；而性格契合，如果
做事沒有效率，我們也沒辦法成為工作上的好夥伴。

6-3 面對這樣的情況我會極力檢討自己，讓自己下次不會再發生一樣的事，盡力做到最
好；如果盡力了，我就不會遺憾，解決焦慮的辦法就是當下起身行動，如果能認知
失敗的原因，就盡力去改正。遇到奧客時，我會耐心地跟他解釋我的難處，希望取
得他的諒解；若沒有效果，就給他一些補償的措施。畢竟「顧客至上」、「以客為
尊」是服務業的經營原則。

1-1 你認為單身好？還是有另外一半好呢？

1-2 你認為一段感情中最難經營的是什麼呢？

4-1 你認為維持友情最重要的條件是什麼呢？

5-1 打工時，你會選擇低薪，但性質較為喜歡的工作？或是高薪，但性質並不喜歡的工作呢？

6-2 你認為打工的同事，有機會成為真心的朋友嗎？

我的感情觀

在人生各個階段裡，都會面臨各種不同的問題：愛情的維持、同儕間的相處、父母意見分歧的溝通，以及打工仔，該如何生存下去的法則。如果能事先設想好這些可能發生的問題，或許能更輕鬆地應對人生。

首先，我們來分析單身好，還是有另一半好呢？有另一半的優點當然就是生活上不論有開心，還是難過的事，都會第一個想跟對方分享，有一個很好的傾聽對象，做任何事都有人陪著。這樣說來，單身就沒有好處了嗎？其實單身的好處也不少，能有很多跟自己相處的時間，做事情不用遷就任何人，也會減少過紀念日和各種節日的費用。然而，如果開始經營一段感情，維持感情說起來簡單，做起來卻困難的會是什麼？我認為是「安全感」，安全感的核心歸咎於信任，對對方完全的信任，不給猜忌的種子有機會萌芽，才是維持感情唯一的祕訣。

接著談友情，人們時常積極社交，希望結識志同道合的朋友。在不同家庭背景下成長的彼此，該如何變成推心置腹的朋友，維持友情最重要的是什麼？我認為是真誠，真誠待人，別人也會感受到你的善意。友情最理想的狀態就是在無助迷惘的夜晚時，拿起電話永遠會撥出的那組號碼，無論當天有多累，都會接住對方的負能量，即使距離遙遠，也沒有天天聯絡，但從不擔心感情會變冷淡，遇到困難也都會在彼此身後挺著。

最後，大學階段許多人會開始打工賺零用錢，在面對選擇工作的方向時應該選擇低薪，自己熱愛的工作；還是高薪，自己卻不想投入的工作呢？我想我會選擇薪水較低，但自己熱愛的工作。因為我認為，對工作不夠熱忱，

即便薪水再多，也是用痛苦的時間換來，那麼，高薪就能抵消這份痛苦嗎？我想未必，喜歡與人相處以及喜歡小孩的我，如果每天面對冷冰冰的電腦，我想很快就會出現疲態，支撐不下去了。而職場面臨的問題，和在學校面對的有很大的不同，打工的同事有機會成為真心的朋友嗎？我認為未必，在工作上是得力的助手及夥伴，抽離了利害關係，不一定是值得深交的朋友。結交朋友時，價值觀、興趣相同的人會走在一起；但同事的組成，只是為了完成工作目標。因此，我認為做好分內的工作比較重要，同事不必然一定是朋友；如果是沒有效率的朋友，可能會增加自己工作的負擔。不過，如果在性格、人品上，都是優秀、值得學習的人，成為朋友的機率也會比較高。

希望你更好

　　從愛情、友情，以及打工的同事感情三方面著手，你似乎是不錯的理論派。但第一段有提到關於父母意見分歧的溝通問題，之後就完全消失了，好可惜呢！另外，沒有總結的最後一段就像沒尾巴的貓兒，還蠻遺憾的。建議你可以加入具體的事件來談你的感情觀，不僅能讓讀者看到你解決問題的方式，也更能說服人！

寫作見習區

畢業不會失業

陳琬宜

主題說明

　　你對未來感到迷惘嗎？你怕時光匆匆，大學四年轉眼即逝嗎？你害怕選了一條路不適合自己的路嗎？你希望更了解自己嗎？你想要釐清自己應該做的事嗎？如果現在有個範本，可以幫助你釐清方向，你會想嘗試嗎？

　　這個主題的設計適合即將畢業，卻沒有明確方向的人。透過思考答辯的過程，幫助各位更了解自己，思考此時應該為未來做出什麼樣的努力，並找尋到適合自己的方向。

　　請記住！一開始的你是誰並不重要，重要的是你將來會變成誰！想像自己是一顆種子，在卑微的土壤中爭取生機，你所要做的就是努力地吸取需要的養分。接著，你就會發芽結果、開枝散葉，逐漸茁壯，擁有自己的一片天。

　　儘管大學畢業生面臨的選擇錯綜複雜，但請不要恐懼，更不要害怕做錯決定，因為每條路都是有意義的，都是讓我們通往成功之路的能量。在未來的路上，等待你的也許是滿地的荊棘、壞掉的指南針，也或許是鋪滿鮮花的道路。正所謂：「深如長河，渡船千艘，唯自渡方是真不渡」縱使渡船千艘，但唯有駕駛屬於自己的那艘船才能前行。沒有人可以告訴你，未來會如何？但可以肯定的是，當你對未來充滿信心與希望，心想事成的可能性就會提高。所以，請不要感到害怕與徬徨，遇到挫折和失敗是正常的，累了不妨停下腳步休息，只要能繼續行動，堅持理想與不輕言放棄，最終一定可以抵達設定的目標。

　　總之，不管選擇什麼，都要先問自己為何出發？比如選擇打工旅遊，要先想清楚自己最想去的國家，並且思考要做什麼打工？需要花多久時間？如果選擇服務業，要留在臺灣，還是去國外？如果出國只為了學語言、認識不同國家的人，甚至補上拓展國際觀的理由，那麼，你可能尚未想清楚。表面看來，你會讓人覺得很酷、很勇敢，但你必須自己面對所有的問題，否則遇

到困難時，所有的後悔都會無濟於事。考慮打工旅遊之前，應該規畫好自己的未來，選擇可以銜接的相關工作，而不是回國後和現實社會脫軌。

　　話不多說，現在就讓我們進入畢業生的思辨對答吧！

問題引導

☞ 薪火相傳

1-1 你聽過畢業學長姊的分享嗎？你對他們的未來憧憬嗎？為什麼？Ⅰ、Ⅱ

1-2 哪些學長姐的分享最能吸引你？為什麼？Ⅰ、Ⅱ

1-3 哪些學長姐的分享是讓你感到害怕、恐懼的？為什麼？Ⅰ、Ⅱ

1-4 如果你希望一畢業就有工作找上門，目前的你，會做出什麼樣的努力？請說明。Ⅲ

底細：參考答案區

1-1 我聽過很多畢業學長姊的分享，我很憧憬去國外當交換學生，或是去國外工作、讀研究所的分享，我希望有朝一日我也可以有機會體驗。

1-2 最吸引我的就是一畢業就有公司找他去工作，並領有高薪的人，如此就不需要擔心金錢和生活上的問題。

1-3 聽過有些學長姊是沒有規畫未來的。那種「走一步是一步」的空虛未來，讓我很害怕、很沒有安全感。

1-4 我希望得到一份在國外把觀察到的事物做成報告，定期傳回公司的工作。目前的我欠缺英文、日文的能力，我需要在聽、寫方面加強，並且取得相關證照。我會利用空暇時間加強，並多閱讀相關書籍及聽英、日文廣播。

☞ 大學回顧

2-1 在大學期間，有沒有上過什麼課讓你感到很充實的？Ⅰ、Ⅱ

2-2 在大學期間，有什麼課，是讓你感到很重要，但當時並未學好？Ⅰ、Ⅱ

2-3 在大學期間，你有沒有後悔沒有做過什麼事情？Ⅱ

2-4 在大學期間，你做過最有成就感的事情是什麼？Ⅱ

底細：參考答案區

2-1 我曾經修過面相學，雖然我還看不太懂他人的面相，但是讓我更了解自己。

2-2 中級日語、日語語法很重要，兩位老師都很用心，但我當時把這些心思都拿去讀思想史了，我非常後悔。

2-3 我非常後悔沒有在當交換生的時候修更多的課程，有很多課程都是我本來的學校所沒有的。

2-4 我最有成就感的事情是，為了繼續當交換學生，有一個學期我直接修了 38 學分，而且學期平均還拿到 87.9 分。

☞ 捫心自問

3-1 你目前對什麼行業最感興趣？你有具備相關的專長和能力嗎？請說明。Ⅰ

3-2 即將畢業的你，是否已經規畫好未來的方向了嗎？請分享目前的想法。Ⅲ

3-3 你考慮過繼續升學嗎？如果是，你會想就讀本科系還是轉換跑道？如果不是，又是為什麼呢？Ⅰ、Ⅱ

底細：參考答案區

3-1 我對任何媒體業都感興趣。媒體業除了需具備好的語言能力、善於敘事的專長外，還需像海綿一樣汲取大量不同領域的知識，才能做出一篇有條有理的專題。

3-2 我想先存點錢，可以的話我要移居北部生活。在此期間，我會好好累積經驗跟技能，把 Photoshop、Adobe 等軟體學好。

3-3 我想轉換跑道，我對華語教學的未來不感興趣，但我仍願意繼續聽相關的課程。我也不會想繼續升學，我會先就業，藉此累積工作經驗。

☞ 旅行青蛙 *

4-1 即將畢業的你，會想先休息一段時間嗎？如果是，你會如何規畫？如果不是，又是為什麼？ II

4-2 如果你想去旅行，你會想去哪裡？為什麼？ II、III

底細：參考答案區

4-1 我會想先休息一下，並利用這段時間再精進自己，可以的話，我會想規畫一趟旅行。因為在旅途中或許會得到意外的收穫跟感悟。

4-2 我想搭郵輪去南極，或許在郵輪上可以認識形形色色的人，交流的過程中或許有機會讓我更認識自己，幫助我更深入地思考未來。

---

* 「旅行青蛙」係指一款手機遊戲。透過青蛙去世界旅行寄回各式各樣的明信片，讓飼主也藉此想像去該處的情景。

5-1 如果你想先休息一段時間，你會利用時間精進自己的能力嗎？（如：保持讀書習慣、學語言、電腦程式……等）原因是什麼？ Ⅱ、Ⅲ

5-2 如果想去打工旅遊，你會選擇哪個國家？打工的性質是什麼？並請思考回國後，如何和現實社會做銜接？請說明你的想法。 Ⅱ、Ⅲ

底細：參考答案區

5-1 我打算利用這段時間把日文跟英文學好，並且取得相關的語言證照。再者，多學習一些 AI 的相關知識與應用，使自己能跟得上世界的腳步。

5-2 有，我會選擇加拿大。我想一開始我會先選擇服務業，並在當地找尋是否有人需要學華文，我也願意當私人家教。我認為透過這樣的交流，我的英文能力是可以有明顯進步的。

☞ **邊做邊學**

6-1 即將畢業的你，會想直接就業嗎？為什麼？Ⅱ

6-2 你清楚本科系畢業可以從事哪些行業嗎？請說明。Ⅰ

6-3 如果不想從事本業，有另謀他業的打算嗎？為什麼？Ⅱ

6-4 你對自己屬意的產業了解嗎？請說明它們需要的專業。如果需要離開家鄉到外地（包含國外）工作，你可以接受嗎？請說明原因。Ⅱ、Ⅲ

底細：參考答案區

6-1 我會直接先就業以累積工作經驗。碩士班的話，我也很想讀，但會考慮讀在職專班或存夠錢再讀，我想讀政治大學的新聞研究所。

6-2 華語文學系畢業，未來可以配合教育部去其他國家當華語老師，若有取得華語老師證照，選擇性更高。

6-3 若真走投無路我會當華語家教，但仍會優先另謀其他行業。其實最近華語教學太熱門了，要求逐漸升高，華語文研究所畢業已經是基本款了，但我對教學實在沒興趣。

6-4 傳播業涵蓋範圍很大，最重要的是要有基本的素養和基模，還要讓自己保持在海綿的狀態，時刻吸收大量不同領域的知識。此外，如果需要離開家鄉到外地工作，我是可以接受的，因為我很獨立，也嚮往國外生活。

1-4 如果你希望一畢業就有工作找上門，目前的你，會做出什麼樣的努力？請說明一下。

2-1 在大學期間，有沒有上過什麼課讓你讓你感到很充實的？

3-2 即將畢業的你，是否已經規畫好未來的方向了嗎？請分享目前的想法。

4-1 即將畢業的你，會想先休息一段時間嗎？如果是，你會如何規畫？如果不是，又是為什麼？

我對未來還有夢

　　未來的路不會比過去更筆直、更平坦，但是我不恐懼，我眼前還閃動著道路前方的野百合和野薔薇的影子。

　　大學剛入學時，我參加過很多場去中國大陸交換回來學長姊的分享會，我非常嚮往自己也能去當交換生。分享會的重點很清楚：大一、大二辛苦點，能上修的學分就要上修，把能修掉的必修課優先修完，如果可以，每學期修滿二十五學分是最理想的。只有啟程，才會到達理想和目的地；只有播種，才會有收穫和成果。所以，大一的我就把學分修滿，大二再把大三、大四的必修課全部修完。透過這樣的規畫，我相信自己正朝嚮往的未來邁進。

　　雖然受到 COVID-19 疫情的影響，讓我擔心是不是交了白卷，而無法體驗在交換學校的實體上課。很幸運地，疫情勉勉強強控制住，我上到「面相學」，還聽了一學期有趣的「中國思想史」。面相學每週都有不同的主題，光是一個耳朵、眼睛、嘴巴就有許多豐富的內容，老師還教我們如何看自己的面相，讓我們更了解自己。

　　即將畢業的我，覺得自己很沒有方向，突然不知如何是好。我很害怕未來的薪水不高，養不活自己。我也很想去打工旅遊，不斷地問自己打工旅遊的意義是什麼？自己都回答的很心虛，我很清楚，這代表我的思考還不夠周全。如果我自己都回答的支支吾吾，去了之後肯定會像無頭蒼蠅般做白工，遇到困難時也會後悔當初太過衝動。所以，我想先休息一段時間，利用機會好好磨練自己，找出最適合的出路。如果可能，我會想規畫一趟旅行，一邊走馬看花，一邊思考未來。

夜色難免黑涼，前行必有曙光！休息是為了充飽電力，之後我會繼續向前邁進，用我的眼睛，觀察這五彩斑斕的世界。願我的未來能乘風而起，扶搖直上九萬里；願我執筆為劍，不留半點遺憾。我對未來還有夢，我要做最好的自己，筆鋒所至，皆心之所向，永不退縮。

希望你更好

　　從前後段的鋪述，可以感受到你對未來的夢想喔！比較可惜的是，在過程中似乎只看到你為交換生做的努力，但像是面相學的授課畫面，中國思想史如何有趣，都少了些讓人印象深刻的「鏡頭」。另外，你想到去哪打工旅行呢？鼓勵你可以把規畫再說得具體一些喔！

寫作見習區

問問題，學寫作：「問題寫作」法，輕鬆寫好文

編 著 者	林香伶
責 任 編 輯	徐藍萍
編 輯 協 力	張沛然

版 權	吳亭儀、江欣瑜
行 銷 業 務	周佑潔、林詩富、吳淑華
總 編 輯	徐藍萍
總 經 理	彭之琬
事業群總經理	黃淑貞
發 行 人	何飛鵬
法 律 顧 問	元禾法律事務所　王子文律師
出 版	商周出版　115 台北市南港區昆陽街 16 號 4 樓
	電話：(02) 25007008　傳真：(02)25007579
	E-mail：ct-bwp@cite.com.tw　Blog：http://bwp25007008.pixnet.net/blog
發 行	英屬蓋曼群島商家庭傳媒股份有限公司城邦分公司
	115 台北市南港區昆陽街 16 號 8 樓
	書虫客服服務專線：02-25007718　02-25007719
	24 小時傳真服務：02-25001990　02-25001991
	服務時間：週一至週五 9:30-12:00　13:30-17:00
	劃撥帳號：19863813　戶名：書虫股份有限公司
	讀者服務信箱 E-mail：service@readingclub.com.tw
香 港 發 行 所	城邦（香港）出版集團有限公司
	香港九龍土瓜灣土瓜灣道 86 號順聯工業大廈 6 樓 A 室
	E-mail: hkcite@biznetvigator.com　電話：(852)25086231　傳真：(852)25789337
馬 新 發 行 所	城邦（馬新）出版集團 Cite (M) Sdn Bhd
	41, Jalan Radin Anum, Bandar Baru Sri Petaling, 57000 Kuala Lumpur, Malaysia.
	Tel: (603) 90563833　Fax: (603) 90576622　Email: services@cite.my

封 面 設 計	李東記
印 刷	卡樂製版印刷事業有限公司
總 經 銷	聯合發行股份有限公司　新北市 231 新店區寶橋路 235 巷 6 弄 6 號 2 樓
	電話：(02) 2917-8022　傳真：(02) 2911-0053

■ 2024 年 6 月 27 日初版　　　　　　　　　　　Printed in Taiwan

定價 450 元

城邦讀書花園
www.cite.com.tw

線上回函卡

國家圖書館出版品預行編目 (CIP) 資料

問問題 . 學寫作：「問題寫作」法，輕鬆寫好文 / 林香伶
編著 . -- 初版 . -- 臺北市：商周出版：英屬蓋曼群島
商家庭傳媒股份有限公司城邦分公司發行 , 2024.07
　面；　公分
ISBN 978-626-390-180-3(平裝)

1.CST: 寫作法

811.1　　　　　　　　　　　　　　　　　113008269